Mario Alvarez Porta

Trilogía de Amor y Muerte

Guatemala, mayo de 2022

Trilogía de Amor y Muerte

© Mario Roberto Alvarez Porta

Primera edición, mayo 2022

ISBN: 978-99939-35-16-2

Diseño de portada:
Licenciado César Pozuelos

Diseño, diagramación e impresión:
CHOLSAMAJ

Impreso en Guatemala

ÍNDICE

Prólogo

Se dice que el respeto hacia los demás comienza con practicar el agradecimiento y que quien respeta a los demás se respeta a sí mismo, en otras palabras: *"Honrar, honra"*. **En Trilogía de amor y muerte,** el escritor guatemalteco, **Mario Alvarez Porta,** nos deleita con varios cuentos en los que se intuye que el autor rinde un homenaje a su papá quien recientemente partió hacia la eternidad dejando un valioso legado literario. En el libro, el escritor resalta lo que aprendió, desde niño, con solo escuchar las pláticas que su ilustre padre, don Élfido Mario Álvarez Vásquez, sostenía durante largas horas con sus homólogos filósofos, quienes lo visitaban y compartían con él en su amplia y bien documentada biblioteca.

Mientras se leen las amenas y entretenidas historias que describe en cada uno de los cuentos, **Mario Alvarez Porta,** de forma muy sutil, nos adentra en un tema por demás interesante, el filosófico. Desde Betzabé, el primero de los relatos, el autor expresa, mediante el pensamiento de Casimiro, la forma en la que percibe la conducta humana... como un libre pensador.

De igual manera, conforme se avanza en la lectura, nos damos cuenta de que, en la mayoría de los cuentos, las historias giran en torno del amor: El amor excesivo y hasta enfermizo que Nohelia sentía por Leonel; el amor de Julio hacia Amelia sin saber que ella estaba enamorada de Tulio de quien esperaba un bebé; y el amor tan anhelado que termina con el sueño de Amado. Tramas que nos llevan a discernir que en la obra predomina una trilogía de muerte, otro de los temas que el autor resalta debido a que tres de sus relatos terminan con el fallecimiento de uno de los

protagonistas y llama la atención, no porque sean desenlaces trágicos sino porque es el destino de todos los seres humanos. Por ejemplo, en el texto se lee: *"Lo único que tenemos seguro es la muerte"*, *"la muerte es la posibilidad de todas las posibilidades"* y *"la muerte es intransferible, indivisible e impostergable, nadie puede morir por otra persona, nadie"*.

La lectura de **Trilogía de amor y muerte** también amplía nuestro léxico, por lo menos en lo personal, varios términos me condujeron hacia el diccionario y ahora forman parte de los vocablos que me son familiares, es decir que aparte de leer, aprendemos. Con lo anterior no quiero que se malentienda que la narración es tediosa o desesperante, no, por el contrario, es muy interesante y entretenida. Mientras nos ubica en parajes campestres, **Mario Alvarez Porta** también nos lleva a recorrer las majestuosas calles de París, jardines de ensueño o nos sitúa entre el bullicio de quienes beben en un bar de la ciudad de Guatemala.

No resta más que felicitar, sinceramente, al autor y a las letras guatemaltecas porque **Trilogía de amor y muerte** es un valioso aporte para la literatura de nuestro país. Asimismo, invitar a quienes gustan de la buena lectura para que disfruten del placer de esta excelente y agradable narrativa. Enhorabuena **Mario Alvarez Porta**, el éxito es manifiesto…

Carmen Alicia Arévalo.

Betsabé

Eran las once de la mañana de un caluroso día de junio. Las nubes grises que rodeaban el azul profundo del cielo anunciaban las lluvias de la tarde. Julián venía cargando, desde muy lejos, un pesado manojo de leña que irritaba su hombro derecho y parte de su espalda. El joven recién había cumplido 17 años. El movimiento de la grávida carga sobre su dorso había desprendido un millar de diminutas astillas y un polvillo fino de la leña seca. Haciendo un esfuerzo por estirar el cuello, debido a la incomodidad del bulto, pudo ver a lo lejos que Betsabé, (la mujer de Casimiro), se encontraba sentada bajo la sombra del verde almendro afuera de su casa, a la orilla del camino. Aquella fémina era de una belleza sin igual, de piel morena aceitunada, de largos cabellos negros, perfumados y brillantes que le llegaban hasta donde comenzaba su estrecha cintura y sus deseables caderas, mismas que adornaban unos prominentes y perfectos glúteos. Su fresco rostro aparentaba unos 23 años, aunque ella ya superaba los 27 de existencia. Sus ojos pardos tenían destellos de colores verde esmeralda.

Sofocado por el calor, muerto de sed, Julián se detuvo frente a la hermosa joven y tumbó el molesto manojo muy cerca de donde ella estaba sentada disfrutando del aire fresco que llegaba de la Sierra de las Minas.

—Buenos días, le dijo el joven bañado en sudor mientras intentaba secar el producto de la diaforesis con un pálido y arrugado pañuelo.

—Buen día, contestó Betsabé, mirándolo directamente a los ojos como deseando comunicarle algo importante.

—¿Don Casimiro?

—No está, se fue al monte, al potrero a ver las vacas que tiene pastando. Ensilló temprano el caballo y salió a hacer sus cosas, aseguró la joven al muchacho.

—Entiendo, agregó Julián.

—¿Quiere tomar un poco de agua fresca?, preguntó ella, sin quitarle los ojos de encima al visitante.

—Estaría bien, dijo él, comiéndosela con los ojos.

Betsabé se levantó de la vieja banca situada debajo del fresco almendro y aprovechando la mirada del leñador, mientras se ponía de pie, subió más allá de las rodillas el corto vestido floreado que intentaba cubrir sus apetecibles extremidades. Entre tanto avanzaba hacia el interior de la casa, el muchacho la seguía, disfrutando el sensual espectáculo que daba la perfecta y armoniosa proporción y distribución de moléculas y células de su cuerpo impecable.

La linda hembra lo condujo hasta el cuarto donde compartía las noches con Casimiro. El recinto tenía un fresco olor a palma real porque su esposo había cambiado el techo del dormitorio construido con horcones y vigas de madera, con techumbre vegetal de rancho. Todo en la habitación estaba limpio y muy ordenado, la cama con las sábanas impolutas y con un ligero perfume a jazmín. Sin más preámbulos, la joven señora ascendió a la cama y se tumbó boca arriba, luego alzó el corto vestidito de flores mostrándole a Julián el hirsuto paraíso que asomaba en cada lado del calzón rojo, de jersey, cuyo color carmesí terminó de encender la pasión del muchacho, quien precipitadamente, pero con suavidad, le quitó la prenda a la joven ama de casa. Fuera de sí, el desenfrenado y lujurioso joven sacó, utilizando su mano derecha, el sólido falo de su viejo pantalón. Betsabé estaba empapada en deseos

cuando el mozuelo se encaramó de golpe en ella. La hermosa mujer tomó el miembro duro, como los leños que habían quedado afuera amarrados en el fajo y, con precisión y exactitud, condujo el órgano hasta el edén prometido. Apoyado en sus fuertes brazos, Julián inició su frenética cabalgata en el acuoso mundo de la bella mujer. Sin cerrar ni un segundo los ojos la pareja se dirigió buscando el apogeo. En la cima del incontenible paroxismo, Julián y Betsabé no dejaron de verse, la mirada de los ojos fulgurantes de la joven señora atravesaba las negras pupilas del muchacho anunciándole el final de su ardiente viaje. Un pequeño riachuelo lácteo inundó la exquisita oquedad de la joven. De golpe cayó fatigado el leñador sobre el sudoroso cuerpo de la fémina, quien, gimiendo todavía de placeres, acariciaba la espalda del muchacho llena de polvillo y de las diminutas astillas que se habían pegado en su piel.

Durante la cresta del fugaz romance de Julián y Betsabé, en el momento en que ambos se hicieron uno con el cosmos, Casimiro pasó frente a su casa, pero no quiso apearse del caballo. No era la primera vez que miraba algún manojo de leña tumbado en la entrada de su vivienda, él sabía, por boca de muchos, acerca de las infidelidades de su compañera cuando se ausentaba; tampoco desconocía que las insaciables ganas de su esposa no podía satisfacerlas solo, necesitaba ayuda, por eso, como muchas otras veces, pasó de largo mientras Betsabé terminaba de saciar su apetito corporal.

Luego de beber de dos tragos el agua que le sirvió la joven en el vaso, Julián partió con su pesada carga hacia su casa, misma que distaba unos kilómetros de donde se encontraba el hogar de Betsabé. El muchacho sentía que las piernas le temblaban, era una fatiga llena de satisfacción plena, de sentimientos hermosos. Con el

sabor de Betsabé en sus labios, se alejó para continuar con su vida.

El humilde vaquero sabía que reprocharle sus deslices y devaneos iniciaría las riñas y conflictos con la mujer que amaba y todo eso podría significar el final de la unión que tenía con ella. Por eso guardaba silencio, además había algo en su interior que no producía odio ni rencor contra su esposa; intentaba comprender lo que ella sentía o las causas de por qué era así, insaciable y voraz con los hombres.

Casimiro era hijo de don Guto y de doña Carlota, ambos originarios del pueblo a donde nunca iba el vaquero, fue criado en ese lugar siniestro y lleno de cantinas, por eso toda la gente de esa aldea lo conocía, todo lo contrario, con su compañera Betsabé de quien no conocían más que el nombre y su reputación. Nadie sabía de dónde era o en qué lugar había nacido y crecido. En el pueblo algunos decían que el vaquero la había traído de la costa, durante un viaje que hizo para domar unos potrillos en una finca cerca del Ahumado, Santa Rosa y que ella era de las Lisas, un poblado próximo al mar.

Los leñadores no visitaban a Betsabé en determinadas épocas porque regresaban cuando se quedaban sin leña en sus hogares. De esa forma aprovechaban cuando volvían a los lejanos astilleros por más tueros. Durante esos días de ausencia, la joven esposa de Casimiro recurría, por las noches, al onanismo de sus propias manos, entonces, como última instancia, utilizaba a su compañero de vida, con quien tenía una relación más bien hipergámica porque Casimiro le proveía todo lo necesario para vivir cómodamente y sin penas económicas.

Igual que el legendario Héctor, príncipe de Troya en la Ilíada de Homero, Casimiro se ganaba la vida domando y castrando caballos y potrillos. También vivía de los esquilmos del ganado que tenía. Montado en su brillante alazán, el vaquero disfrutaba de parajes espectacularmente bellos; cruzaba sinuosos riachuelos, bosques tupidos con frondosos árboles en cuyas copas millares de pájaros gorjeaban un canto a la vida. El diestro jinete gozaba de sus paseos tanto como su esposa de sus invitados sexuales. Cuando atravesaba los hermosos paisajes, él pensaba que ahí estaba muy cerca de Dios, de su esencia, de su paz infinita, por eso nunca tomaba camino hacia el pueblo porque ese lugar estaba lleno de odio y felonía, de chismes, de cantinas y expendios de guaro del más vil. Aquel poblado era todo un culto a Baco y a la embriaguez, al abandono total de la razón.

Algunas veces no anhelaba el retorno a casa, pero en el fondo él también deseaba a su esposa con lujuria, él también cabalgaba cuando ella lo quería y se daba el milagro del amor, cuando se ausentaban los leñadores y los vendedores, esos que pasaban a beber del agua bendita que ella les ofrecía para que calmaran su anadipsia.

No era extraño que llegaran parroquianos de las aldeas vecinas buscando a Casimiro para que herrara sus animales. Era un experimentado jinete y conocía mucho de caballos, de mulas y bestias de carga, de galápagos y aparejos. Una mañana, mientras limpiaba y tallaba los cascos de una yegua para herrarla, meditaba en la rara relación que él tenía con su compañera a quien amaba más que a nadie en su vida.

Todos en el pueblo sabían del apetito voraz de ella con los hombres jóvenes que pasaban por el camino. Cuando el caballo no estaba suelto en el pequeño

corral, junto a la casa, los visitantes sabían de la ausencia de Casimiro, entonces Betsabé salía a tomar aire fresco debajo del verde almendro para esperar a sus añorados príncipes de cuento.

Por las tardes ella aseaba la casa y preparaba la comida de su esposo; era diligente y acomedida con las tareas del hogar por eso siempre había ropa tendida en los lazos del patio de la casa. Todo en la vivienda estaba al día, en su lugar. De igual manera, la indumentaria y herramienta de Casimiro estaba colgada en un viejo granero contiguo a la casa, era ahí donde el vaquero recibía los caballos o yeguas que le llevaban para herrar.

Simple y sencillamente Casimiro no conocía los celos ni pensaba que su esposa era alguien de su pertenencia, la aceptaba tal como era ella; tampoco le afectaba ser la comidilla del pueblo que lo tildaba de poco hombre, de cobarde, de persona sin honor ni dignidad al aceptar que Betsabé recibiera en su casa a todos los pretendientes que a diario pasaban a verla.

Algunas veces se juntaban dos manojos de leña y el muchacho de afuera esperaba que el de adentro terminara de beber el agua para entrar por su propio vaso. No solo se miraban fardos de leña, también bultos de mercancías que jóvenes comerciantes llevaban al pueblo para venderlas.

La casa de la feliz pareja se encontraba en una de las entradas al poblado, en uno de sus caminos rurales. A pesar de vivir alejados de la aldea en un paraje apartado y silencioso, sin ninguna casa vecina, Casimiro y Betsabé hablaban muy poco. Casi siempre, mientras el vaquero comía, luego de terminadas sus faenas con la vacas o caballos, ella se dirigía hacia él para ofrecerle más café u otro poco de comida. Raramente él le comentaba algo acerca de sus andanzas en el monte,

tampoco ella hacía algún comentario de sus rijosas actividades durante el día. Mientras ingerían alimentos solo se escuchaba el choque de los cubiertos con los platos, la respiración de ambos y algunos sonidos de masticación y deglución característicos del comer y beber.

Tres años antes, unos meses después de casada, Betsabé recibió a su primer visitante. Era un joven que vendía relojes, peines, cortaúñas, llaveros y otros objetos personales. Fue el primero que la vio sentada disfrutando del aire fresco en la banca debajo del almendro. Él iba rumbo al poblado a ofrecer sus artículos.

—Perdone seño ¿Falta mucho para llegar al pueblo?, le dijo sofocado por el calor y el cansancio.

—No, está como a un kilómetro y medio de aquí ¿Desea beber un poco de agua?, preguntó la sensual mujer al humilde achinero, jugando con su corto vestido y mostrando sus soberbias piernas.

—Muchas gracias, respondió el desconocido un tanto emocionado de ver la hermosura de la dama.

Para el joven comerciante fue ostensible percibir el lenguaje cinésico de Betsabé, quien moría de ganas por pecar. En esa oportunidad solamente lo entró al corredor que había en el principio de la casa, ahí parados copularon como perros. Después de unos días decidió que mejor utilizaría el dormitorio matrimonial para recibir a sus enamorados y después de unos meses, perdió el temor a ser infiel, porque en el inicio de la unión con su esposo, lo respetaba un poco.

El joven que la visitó por vez primera jamás volvió a verla, no encontró en la aldea un mercado apropiado

para sus mercancías, aunque siempre llevaría en su recuerdo a la bella mujer con quien estuvo tan solo unos minutos.

Según Casimiro, la conducta insaciable de su compañera no constituía impedimento para amarla y respetarla, cuidar de ella y proveerle todo lo necesario para que estuviera tranquila y feliz en su casa. Sin nunca haber leído un libro de ciencia u otra disciplina, el vaquero de casi 40 años intuía bastante respecto de la conducta humana y suficiente acerca del perdón del que habló el Cristo de Nazaret cuando aseguró que todos los seres de este mundo deberían perdonar hasta setenta veces siete.

En mucho coincidía su tolerancia con las conclusiones etológicas a las cuales llegaron después de una vida dedicada al estudio de la conducta humana los científicos Konrad Lorentz y Eibl Eibesfeldt, cuando resolvieron que desde el período neolítico pre-alfarero, hace unos siete mil quinientos años -para no irse más atrás en el tiempo- que desde entonces el hombre había transformado su mundo y también tuvo la capacidad de inventar la más avanzada tecnología, demostrada en la evolución armamentista que tuvieron a través del tiempo, las grebas e indumentaria de guerra usada en Troya en la Guerra del mismo nombre contra Grecia, hasta la utilización del producto que obtuvieron los genios de la física en el Proyecto Manhattan, cuyo letal resultado pusieron en práctica el 6 de agosto de 1945 sobre la ciudad de Hiroshima en Japón. El hombre dominó el planeta y su propio mundo, es decir, dominó todos los elementos que se encuentran fuera de su universo interior, fuera de sí mismo. Muy probable que tal desarrollo fuera el resultado de su esencia agresiva y maligna teniendo en cuenta que tal avance tecnológico es motivado e inducido para destruir a su prójimo, no para ayudarlo ni apoyarse mutuamente.

Por otro lado, estos grandes etólogos aseguraron que, durante toda su existencia en el planeta, remontándose quizá medio millón de años hasta la fecha en que se escribieron estas líneas, que el hombre no ha sido capaz de cambiar su conducta, es decir, continúa siendo sanguinario, desleal, malvado, vengativo, lleno de odio y de ambición desmedida, pleno de felonía y alevoso con su prójimo, capaz de efectuar exterminios genocidas en muchas partes del planeta.

Solo la práctica del comunismo en el mundo produjo, en muchas naciones, más de 120 millones de muertos. Según Lorentz y Eibesfeldt los seres humanos no han cambiado desde entonces ni cambiarán nunca, nunca. Simple y sencillamente porque la especie humana no tiene esta capacidad cerebral, el hombre no cuenta en su estructura genética con un elemento biológico que soporte tal modificación en su sanguinaria conducta, es decir, carece de la capacidad de hacerlo, por eso quizá el Cristo sugería mejor perdonar de forma indefinida.

Lorenz aseguraba que no había fuerza en la naturaleza que lo obligara a cambiar y que estaría en el hombre y en sus decisiones futuras la supervivencia de su propia especie. El comportamiento humano sigue siendo salvaje, rudimentario, impulsivo y primitivo; continúa igual desde su origen; en el hombre se cumple aquel aforismo latino que reza: *Homo homini lupus*. Colectivamente la humanidad es incapaz de modificar, en lo más mínimo, su comportamiento.

Dentro de los grupos humanos siempre ha habido alguien que sea la excepción, tal es el caso del Cristo, los Sacerdotes Lamas y otros que son paradigma de la bondad y el amor, pero estos ejemplos son muy, muy escasos. El hombre, en forma colectiva, no puede modificar su comportamiento, simplemente porque trae un "error de fábrica," no puede cambiar su

conducta destructiva porque no tiene esa suficiencia dentro de su interior. No ha podido enmendarse en medio millón de años, ni en cuarenta mil, ni en siete mil quinientos.

Sin haber leído nunca a ningún etólogo, Casimiro pensaba que nada sacaría con odiar a los hombres que se cogían a su compañera ni a ella que gozaba de cada cogida; pensaba que todos los seres humanos son seres malignos, imperfectos. Desconocía, pero intuía lo que Séneca decía: *Errare Humanum est*. Los escolásticos agregaron otra frase a la anterior que reza: *Sed perseverare diabolicum*. Resulta evidentemente disímil el desarrollo que el hombre ha tenido en la cibernética y en la transformación de todo su contexto material desde sus albores, comparado con el aspecto anquilosado y marasmático de su conducta.

No es que Casimiro disfrutara de todo lo que de él se decía en el pueblo, tampoco de que su mujer estuviera en brazos de otros; no había en él ninguna tendencia candaulista ni otro tipo de desviación sexual frente a las acciones de Betsabé, nada de eso le agradaba, solo intentaba buscar una respuesta en su interior para comprender tal conducta y más que encontrarla la percibía, la adivinaba dentro de sí. Aparte se decía: "Mal con ella y peor sin ella". No deseaba experimentar cómo sería el terrible dolor de la ausencia de Betsabé. Su permisión con la conducta de su esposa era generada por el temor a perderla.

Casimiro pensaba que el amor debería ser un sentimiento pertinaz en los seres humanos. El vaquero también razonaba que casi a nadie, en el mundo, le interesaba cambiar su conducta, a ninguno le importaba conocerse a sí mismo como sugería el viejo Sócrates.

Nadie le ha prohibido al hombre avanzar en su comportamiento, mismo que podría modificar para sustentar un mundo mejor para todos, un mundo menos egoísta, sin tanta ley para hacer valer los derechos humanos; ninguno le ha prohibido tal avance al ser humano, según los destacados hombres de ciencia, está en el individuo tal limitación.

En los próximos siete mil años seguirán repitiéndose los conflictos entre naciones, continuarán las rencillas entre países por diferencias territoriales, raciales, ideológicas y por la obtención de recursos naturales como el oro, la plata, los diamantes, petróleo, uranio. Quizá la humanidad elija su autoextinción.

Todas las noches, Casimiro sacudía la sábana de su cama matrimonial, la limpiaba de residuos, de astillas y del polvillo que dejaban los jóvenes leñadores que visitaban a Betsabé. Algunas veces ella también lo ayudaba a limpiar la habitación, tálamo del gremio de adictos a su desenfreno corporal. Ella sabía que Casimiro tenía meses de haberse dado cuenta de su conducta lasciva, pero no mostraba ninguna preocupación por él.

De todos los muchachos que se acostaban con ella, Julián era su favorito, él era quien sabía el punto exacto donde la bella fémina llegaba al mismo paraíso, además era tierno con ella y le besaba los labios y todo el cuerpo. Betsabé pensaba que un día Julián le hablaría de amor y que si esto pasaba estaría dispuesta a irse con él. Pero el joven tampoco llenaba sus expectativas sexuales, a él también le sería infiel, su necesidad iba más allá de cualquier pronóstico, su estado perverso iba más allá de la satisfacción orgásmica, su pulsión se realizaba en traicionar, en violar los preceptos sociales, en ser distinta a las demás o quizá semejante a la gran mayoría de humanos. Quienes visitaban a Betsabé no lograban saciar todos los deseos de la joven esposa porque éstos iban más allá de la alevosía y la infidelidad, sus bajas pasiones tocaban fondo con su oculta hibristofilia, por eso deseaba largarse con algún hombre peligroso, con algún asaltante de bancos o un asesino que le diera una vida llena de emociones extremas.

La pulsión en el ser humano no consiste en hartarse, como lo hace un animal que mata y obedece al instinto para saciar el hambre sino en la acción de asesinar; no consiste en hurtar algo sino en el deleite de robar lo ajeno; no es el fin el que le interesa solamente, sino el camino que lo conduce a su objetivo, a su víctima. Por algo Jackes Lacan decía: "*Todos los hombres son felices*".

Sin haber puesto los pies en ninguna universidad ni haber tenido a la vista ningún estudio de Freud u otro psicólogo, el pensamiento del vaquero coincidía con el que planteara el mismo psiquiatra francés Lacan cuando aseguraba que todos los seres humanos eran: *psicóticos, neuróticos o perversos* y que de esas patologías no había excepciones entre las personas que componen la sociedad, es decir, que todos están enfermos y que esos padecimientos simplemente forman parte de la existencia humana, por eso el Cristo de Nazaret decía: "*No hay justo ni aún uno*".

Una tarde cuando el sol se ocultaba atrás de los cerros llevando en sus brazos los celajes que le entregaría a la noche, don Guto, padre de Casimiro, estaba esperándolo en la entrada de su casa, sentado en la banca donde su nuera esperaba a los galanes. Casimiro se bajó del caballo todavía sofocado por el largo camino que había recorrido con él. Mientras el jinete se apeaba, el sudoroso corcel agitaba el belfo de su boca como muestra de fatiga y cansancio.

—Hijo, vengo a decirte que esto no puede seguir así, la fama de puta de tu mujer está en boca de todos en el pueblo, es más ya trascendió a otros poblados cercanos, tenés que dejarla. ¿Dónde está tu dignidad de hombre? ¡Es una puta hijo! ¡Una gran puta!, aseguró don Guto, exacerbado y agitado de ira y frustración.

—Y si es puta como decís ¿Por qué no te la cogés vos también?, respondió su hijo muy sereno y viéndolo a los ojos con ironía.

El gato en la pintura

Como un recuerdo a Neco, Moreno y Margarito, tres gatos de nuestras vidas.

Extasiado, frente al inmenso cuadro, estaba un gato negro, pasaba horas viendo el enorme paisaje que el pintor plasmó en el blanco lienzo, lleno de parajes fantásticos y otoñales. Algunas veces, el pequeño felino se acercaba al ilimitado cuadro y se paraba en dos patas. Teniendo dos apoyadas en la pared, donde colgaba el exuberante retrato, despegaba una de sus extremidades para saber si aquella estampa fecunda era real. Parecía desear introducirse en el hermoso fresco que estaba frente a sus ojos.

El pequeño gato nació en un apartamento ubicado en el décimo tercer nivel de un lujoso condominio. Su madre fue rescatada por un bondadoso hombre que la encontró golpeada en la carretera de un pueblo rural. Sus hermanos nacieron muertos, solo él sobrevivió a la hermosa gata que no vivió para contemplar el atuendo negro de su vástago. Parecía que llevaba un frac negro en todo el cuerpo, exceptuando las cuatro patas y el pecho que parecían vestirlo con impecable camisa y guantes blancos. De este apartamento pasó al otro donde se encontraba colgado el vasto cuadro que parecía ser real, con flores, pájaros y agua de manantial; un horizonte de lejanas montañas disolvía el infinito vergel salvaje, pero a la vez lleno de paz.

El animalito deseaba ser libre, salir de la prisión de la lujosa área donde vivía; los otros paisajes que miraba por las ventanas del espacio que habitaba eran imágenes de grandes edificios, algunos llenos de cristales, donde se reflejaban otros colosos también de vidrio, acero y hormigón. Con los cambios de la luz solar, durante su viaje del oriente al poniente, las sombras cambiaban de lugar entre los titanes donde seguramente vivían otros pequeños felinos.

En algunas ocasiones el gato miraba volar algún pájaro entre los enormes edificios y pensaba de dónde venían aquellos seres que eran libres como el viento. El único vago recuerdo que Moreno tenía del mundo exterior era de cuando su amo lo metió en una caja roja con rejillas, a manera de jaula y se mudaron hacia el nuevo apartamento. El felino tenía ocho meses de edad. El animal recordaba algunas calles y un centro comercial donde fue llevado por su protector a un lugar donde había un ser parecido a su dueño que estaba vestido de blanco. El sonriente hombre le dio varios pinchones y luego el gato se quedó profundamente dormido. Cuando despertó ya estaba en la lujosa residencia. Sintió un fuerte dolor entre las patas traseras. Moreno ignoraba que el hombre de blanco lo había castrado con el propósito de que tuviera una vida serena y tranquila.

Su amo le había hecho, dentro del apartamento, algunos andamios con madera fina para que el felino paseara en lo más alto de las paredes blancas de su hogar. Un día se quedó dormido dentro de una caja que vació su dueño. Contenía productos que pidió del supermercado y olvidó sacarla a la basura. El gato amaba estas arcas de cartón donde encontraba refugio y calor, inclusive, las prefería a cualquier otro espacio confortable de la vivienda. Dentro de la tibia caja de cartón parecía soñar, aparentaba que estaba cazando una enorme presa; alistaba sus patas delanteras y sacaba las garras como defendiéndose de algo.

Soñó que había entrado en el hermoso paisaje del cuadro; curioso avanzó dentro del lujurioso paraíso lleno de sonidos exuberantes de cantos de pájaros. El felino sentía tan natural este ambiente, era como si hubiera pasado toda su existencia en este tupido bosque semitropical entre la algarabía de las aves que volaban en la espesa maleza salvaje, repleto de vida

palpitaba aquel espacio que le era tan familiar al félido. Estaba feliz de sentirse libre escuchando el murmullo de un riachuelo que corría muy cerca de donde él dormía.

Al principio se sintió libertado, respiró profundamente el aire fresco que hacía mover las copas de los árboles llenos de frutas. Poco a poco fue penetrando en el edén colmado de murmullos extraños. Llegó hasta la orilla del pequeño río donde pudo ver un enorme constrictor que engullía un conejo blanco abandonado a su suerte. Segundos después miró para el cielo y vio que una majestuosa águila se dirigía a donde él estaba con la intención de raptarlo para que sus aguiluchos tuvieran oportunidad de vivir. Asustado, corrió a refugiarse en lo profundo del bosque. Mientras intentaba recuperarse del sobresalto se recostó entre las raíces de unos colosales robles. Después de unos minutos, dos tigres enormes iniciaron una disputa de territorio, jamás había visto gatos tan grandes y poderosos, no podía creer que los hubiera de tan enormes proporciones, entonces volvió a correr buscando un lugar seguro donde guarecerse. Se ubicó a un claro del bosque y a lo lejos contempló a otros semejantes a él; se alegró mucho y rápidamente llegó hasta donde cuatro gatos combatían a muerte por una gata de colores amarillentos, blancos y negros. Pensó ¿Tendré que pelear yo también? Dentro de su experiencia onírica el gato no comprendía por qué sus semejantes reñían hasta morir por una bonita felina.

Su amo, quien observaba el sueño de su mascota notó que dentro de su profundo descanso Moreno estaría viviendo algo muy intenso debido a los movimientos que efectuaba con su hocico y sus garras. Por un momento su dueño envidió la vida de su gato: "Dichoso Moreno que no tiene que luchar como yo, en la selva de asfalto y hormigón, donde habitan tantos

seres malignos y perversos", se dijo sonriendo ante los movimientos que hacía el pequeño animal durante su profunda experiencia onírica.

Dentro del sueño, el manso gato se vio involucrado en la riña con sus parientes, peleaba a muerte con dos de ellos. Lo atacaron con felonía, con todo el poder de sus afiladas garras. Vivió toda esa pesadilla, abrió de golpe sus profundos ojos verdes y contempló el rostro amable de su dueño. Por un instante se alegró de estar a salvo en su lujosa prisión.

El artista que pintó el lienzo del apartamento, el que el gato miraba por horas, era muy amigo del propietario de Moreno. Era un poeta, escritor y pintor, seguidor y admirador del destacado filósofo austríaco Ludwing Wittgestein. El pintor del cuadro estaba convencido de lo que afirmó y pensó el filósofo a través de su obra: *Tractatus logico philosophicus*, en la cual aseguró que los límites del lenguaje son los límites del mundo, que aquello que un ser humano no puede expresar con palabras no existe; que donde terminan las palabras termina el mundo; que mientras más palabras maneja un hombre, más grande es su universo; que mientras más amplio el lenguaje de un ente, mayor será su horizonte. En otras palabras, aseguraba el destacado filósofo, en su *Teoría de la pintura*, que las palabras forman y hacen del mundo una pintura, un cuadro que está conformado por proposiciones atómicas, mismas que combinan conceptos y palabras que representan los hechos del mundo y que, de igual manera, corresponden a los elementos que componen la pintura. Wittgestein pensaba que existía una relación estrecha entre las cosas y las palabras, que a cada cosa le correspondía una palabra y que a cada palabra una cosa. El mundo es coextensivo al lenguaje y el lenguaje es coextensivo al mundo. El hombre es el lenguaje y el lenguaje el hombre, si el lenguaje está ausente no

existe nada, no hay cuadro o pintura que describa al mundo. Cada animal, cada planta, cada árbol, cada detalle que el artista plasmó con el pincel existía en su mundo lógico conceptual, es decir, sabía mucho acerca de los componentes a los cuales dio vida dentro del cuadro: tigres en riña, gatos, águilas depredadoras, constrictores, árboles de algunas especies, agua, cielo.

El pequeño felino nunca sabría que el hermoso fresco había sido dedicado por el pintor al destacado filósofo austríaco, como un homenaje a su teoría pictórica respecto del mundo y su estrecha relación con el lenguaje.

Moreno se detenía por horas a contemplar la hermosa pintura colgada en la pared, deseaba volver a su interior como en el sueño que había tenido; el gato ignoraba que la mayoría de sus semejantes pasaban noches completas bajo la lluvia y el sereno, sin probar bocado días enteros, aunque eran libres en un cuadro real lleno de oxidadas láminas de zinc y mohosas terrazas; los perros los perseguían en cuanto los veían y dormían en cualquier cornisa, en cualquier rincón cálido, entre chunches viejos y cacharros abandonados.

El gato vestido de frac terminaría su vida, gordo de ocio y descanso, harto de buena comida, de pescado enlatado en los mares del norte, pero también pagaría el precio del confort y de la seguridad del lujoso apartamento con el oro puro de su invaluable e incomparable libertad.

Tarde bohemia

En un extremo de la mesa había 30 envases de cerveza, vacíos. El conjunto de obscuras botellas evidenciaba que cada uno los cinco jóvenes que se encontraban celebrando, en aquel lugar, había bebido, por lo menos, seis de las espirituosas bebidas alcohólicas. Ellos tenían un par de horas de estar celebrando la vida en el antro diurno de don Chilo, donde, día a día, se rendía culto a Dioniso. Hasta habían adoptado un nuevo Dios del placer, una nueva variante de estos antiguos dioses griegos y romanos, celebrando también el October Fest, importado de Alemania.

En este lugar todo era risa y alegría, ahí se olvidaban las penas y los problemas del diario vivir. La mayoría de los visitantes eran jóvenes estudiantes universitarios de distintas disciplinas académicas, pero los cinco de la mesa, los de las 30 obscuras botellas, eran de la carrera de diseño, aunque dos de ellos, Julio y Tulio, estaban ya en plena carrera de arquitectura. Las carcajadas de los mancebos eran evidentes dentro de la tasca, pero nadie se daba cuenta porque en las otras mesas también estaban adorando a Baco.

En el fondo del antro había un hombre, entrado en años, quien cantaba canciones de Juan Gabriel, con una bocina pre amplificada y unas pistas que iba escogiendo con un aparato que tenía colocado en una mesita frente a él. Cantaba una tras otra, parecía una máquina de emitir notas. Tenía una voz con un trémolo de cansancio y desvelo, un poco cabreado. Entonaba todas las canciones que sonaban en ese año, inclusive interpretaba temas musicales de Chente Fernández, con letras de traiciones de amor, de cantinas, de rencillas por una mujer. Las bajas pasiones reinaban en todo su discurso musical, el cual era bien acogido por los seguidores bacanales, quienes se sabían cada frase, cada letra, cada nota, cada tonada de las canciones que recreaban fracasos amorosos, felonía y otros elementos negativos de la vehemencia.

Lo que hacía más interesante la celebración de los jóvenes era que, de los cinco integrantes del grupo, dos eran féminas, Amelia y Esmeralda. Julio, Tulio y Maco, estaban fascinados con la presencia de las lindas mujeres quienes llamaban la atención de otros hombres jóvenes y viejos que estaban "chupando" en las otras mesas. Amelia tenía dos semanas de ser novia de Julio, pero él no sabía que usualmente Tulio se encontraba con ella dos o tres veces por semana en un motel que estaba muy cerca de donde bebían esa tarde.

Tulio sentía alivio de que Julio se hiciera su novio porque sabía que él la amaba desde hacía mucho tiempo. Ella no estaba muy enamorada ni de Julio ni de Tulio, pero Julio la hacía sentir segura por el inmenso amor que le demostraba. Por Tulio sentía una inmensa pasión que la arrastraba como un río crecido por las lluvias de invierno. Julio la visualizaba como su futura esposa, Tulio desahogaba en ella sus necesidades sexuales, su incontrolable lujuria, igual que lo hacía ella. Maco era ajeno a todo el triángulo amoroso de ellos, él solo gozaba de la música y del momento, sin involucrarse en problemas con ellos ni con otros. Esmeralda era indolente de igual manera, era ajena a todo el oculto conflicto de trío.

Esa tarde, Maco ya entrado en la embriaguez, entonaba junto al cantante del fondo del antro todas las canciones que el ordinario crooner dedicaba a los delicados oyentes que sabían cada letra de los temas que interpretaba el Paisano, como muchos le apodaban.

Amelia era una joven hermosa, de pelo rizado, morena, de bellos rasgos y con un cuerpazo que era la envidia de muchas jóvenes compañeras en la universidad. Julio

era de complexión débil, de tez blanca, enclenque y de baja estatura, pero con un coeficiente intelectual muy alto, por eso era de los mejores promedios de la carrera de diseño.

Tulio era alto y de cuerpo atlético, moreno, afrodescendiente. Maco era muy delgado y huesudo, un tanto descuidado en su arreglo personal, pero muy culto e inteligente. Tulio, sentía una mezcla de sentimientos muy confusos en su interior, Amelia le había dicho unos días antes que tenía atrasado su período menstrual y presentía que de esperar un hijo suyo las cosas podrían complicarse para él, por eso le urgía que Julio tuviera que ver con ella, para endosarle la posibilidad de la gestación de la dulce morena.

—Que de ahuevísimo estar aquí vos, echándonos estas chelas bien merecidas, estuvo bien pisado este semestre, dijo Tulio, intentando liberar todos los temores que lo atormentaban por su situación con Amelia, quien ese día le aseguró, por WhatsApp, que la prueba de embarazo había dado positivo.

—Si vos, súper de a huevo estar con ustedes relajándonos un poco, la vida no hay que tomarla tan en serio, al fin y al cabo, no saldremos vivos de ella, agregó Julio a lo dicho por su amigo, mientras chocaban las botellas brindando con los obscuros vidrios colmados de embriagador líquido.

—¡Pretextos para chupar muchá!, pretextos ¡Qué viva la embriaguez y la vida bohemia!, gritó Esmeralda, la joven que había estado callada observando el ambiente lujurioso del tugurio de don Chilo.

—Qué filosófica estás hoy mi amiga, le dijo Maco, el joven callado y medio sensato del grupo.

—¿Por qué decís esto?, decime, ¿Que he dicho de filosófico?, contestó curiosa Esmeralda.

—Lo de la embriaguez, mi amiga, la embriaguez es férrea opositora de la razón, del aspecto racional de la filosofía socrática y platónica de la antigua Grecia, es contraria al mundo equilibrado y armonioso de lo apolíneo, aseguró el joven mientras alzaba la botella en su boca, sintiendo el dionisíaco y exquisito líquido recorrer su faringe.

—¿Lo apolíneo?, *woooow*, sí que resultaste todo un Aristóteles mi amigo, respondió en son de broma la simpática Esmeralda, quien llevaba ese nombre por el color de sus ojos.

—Sí, lo apolíneo es lo racional, es decir, en la antigüedad se rendía culto a Apolo, Dios de todas las virtudes de la razón, de la luz, de la belleza, de la medida de las cosas, de la poesía, la moderación, es lo que de nosotros deseamos mostrarle al mundo Esmeralda.

—Dicho en otras palabras, aquí no queremos al tal Apolo mi amigo Maco, que viva Baco y Dioniso, gritó emocionada Amelia, mientras seguía bebiendo para olvidar momentáneamente sus penas, sin importarle su ratificada preñez.

—En todo caso, ¿Qué es lo que Baco o el tal Dioniso representa o simboliza? preguntó Julio a Maco, con los ojos rojos por tanto humo de cigarrillo que invadía el antro de Chilo.

—En primer lugar, Baco representaba, para los romanos, lo mismo que Dioniso para los griegos de la antigüedad. Este vetusto Dios es lo contrario de la razón y fomenta entre otras cosas, el vino, el licor,

la lujuria, los excesos, la pasión, la embriaguez, el despilfarro, la confusión, el caos, el desorden, la noche, el dolor; pero también la fuerza, lo instintivo en el hombre; dicho de otra manera, nos representa muy bien a todos los que estamos en este oscuro antro mi amigo, respondió Maco riéndose, con mucha solvencia filosófica.

—Pero ¿No debería ser la vida un poco de ambos dioses, teniendo en cuenta que es solo un instante el que vivimos? intervino Tulio, muy interesado en la charla, que para entonces había tomado forma y era del interés de cada uno de ellos.

—Y el tal Apolo ¿De dónde vino o cómo surgió en la antigüedad? Preguntó curiosa la bella Esmeralda.

—No se sabe con certeza si la creencia en Apolo, su hermana melliza Artemisa y Dioniso tenga su génesis en la antigua Grecia, es decir, sin duda alguna todos ellos pertenecen al panteón griego, pero algunos historiadores aseguran que fueron los Tracios los primeros en adorarles con rituales apotropaicos que alejaban el mal de las comunidades, aseguró Maco con una mueca de embriaguez en su rostro.

El resto de los parroquianos que bebían en el antro, estaban concentrados en resolver los problemas del mundo, sus conflictos legales con demandas de divorcios, de deudas, de problemas que reñían con la ley; casi nadie de los que se encontraba en aquel lugar estaba realmente tranquilo o bebía por placer, la mayoría buscaba un efímero escape a sus grandes problemas, una breve negación a su mundo real y conflictivo.

El Paisano, quien no era ajeno a la borrachera colectiva, seguía cantando cual chicharra de verano y ahora entonaba más suelto, más relajado, debido a los cinco octavos de alcohol que corrían en su torrente sanguíneo, con lo cual estaba más a gusto con el selecto público que escuchaba atentamente cada palabra (que salía) de su boca.

Tulio pensaba y pensaba, mordiéndose los labios, en el problema que tenía con Amelia, sabía que, si se "destapaba la olla de grillos", todo el asunto podría costarle muchas cosas, entre otras que su padre le quitara la ayuda que le daba mes a mes para sus estudios; además, que tendría segura la demanda de alimentos y educación del futuro niño o niña. Aparte no deseaba ser padre. Había pensado decirle a la guapa Amelia que si abortaba la criatura todo sería más fácil, pero él conocía a la muchacha y sabía que ella tenía algunas normas morales con las que regía su vida.

Julio estaba celebrando su noviazgo con la joven a quien respetaba. El joven creía que ella todavía era virgen. Amelia estaba consciente de todo lo que acontecía en sus vidas, a tal punto que en unas horas pensaba decirle toda la verdad a Julio, quien no merecía toda la artimaña de Tulio y de ella. Todo menos que mantenerlo engañado. Algunas semanas atrás, cuando se hicieron novios, ella no sabía que estaba embarazada de Tulio, a quien pensaba dejar para siempre.

—Díganme ¿Por qué comenzamos a hablar de todas estas pajas filosóficas? No sé ni por qué Maco inició con toda esta casaca de la filosofía, agregó Tulio bastante ebrio.

—Surgió porque Esmeralda mencionó lo de la embriaguez y yo le dije que era un término Nietzscheano, por eso fue, aseguró Maco muy tranquilo y relajado por el alcohol de la cerveza.

—Pero ¿Qué putas con Nietzsche y toda esta paja?, preguntó Tulio deseando entretener su mente debido a la angustia que sentía.

—Mirá Tulio, el concepto de vida para Nietzsche es muy interesante, muy elaborado, en oposición con el mundo inteligible de Platón en donde yacen las ideas perfectas: la verdad, lo bello, lo bueno. Nietzsche niega este mundo y además de negarlo transmuta estos valores platónicos basando su propia filosofía en la materialidad de la vida, *La voluntad del poder* es para Nietzsche el eje dinámico de la vida misma. Esta *voluntad del poder* deviene y apunta a formar y encarnar un ser, una clase de hombre distinta, un superhombre al cual el filósofo alemán llama Übermensch. Además, *La Voluntad del Pode*r va más allá de esto porque se conserva a sí misma y siempre va en aumento, buscando su propio espacio vital para expandir su crecimiento, su pujanza y potencia. Para mí, Nietzsche es el filósofo más grande de todos los tiempos; aquello que lo hace tan único es que él abarca los cuatro rumbos del camino: es odiado por los cristianos, vituperado por los marxistas; los capitalistas extraen de él todo lo que les conviene en relación con su *voluntad del poder,* los moralistas lo condenan con sus denostaciones constantes, pero lo que han hecho todos ellos es hacerlo grande e inmortal, por algo el gran Jacobo Nietzsche decía: *La verdad es la mentira más eficiente*. Para este titán del pensamiento no habían hechos, lo que él aseguraba era que había muchas interpretaciones de las verdades y los hechos. Qué brutal era este gran pensador, dijo Maco emocionado de hablarles a sus amigos acerca del tema filosófico, era una perfecta mixtura entre la borrachera que sentía él y su dominio respecto del tema que les compartía.

—Puchis, qué fumado esta todo esto que decís Maco ¿Cómo así?, resolvenos este asunto un tanto confuso, agregó Amelia.

—Bueno, es un tanto complejo explicar todo esto que está contenido en varias obras de este pensador, pero fundamentalmente en dos de sus principales que fueron: *Así habló Zaratustra* de 1885 y *La Voluntad de poder*, publicada en 1901 después de su muerte. En esas obras este gran pensador plantea que todos los seres que habitan el mundo poseen una fuerza, una energía que no solo debe conservarse sino aumentarse. El hombre no es ajeno a esto, todo lo contrario, en él está *La voluntad de poder*, ella está relacionada con su inteligencia y con su capacidad de someter a otros mediante la fuerza; en este mismo instante muchas naciones imperialistas están saqueando los recursos de países subdesarrollados, incapaces de defenderse de su ataque político, estratégico o bélico. Los imperios del mundo harán lo que sea por sostener el poder y el crecimiento del dominio vital, no importando cuál sea el coste de esta realidad, por eso el gran poeta Wolfgang Von Goethe escribió: *¿Quién lamenta los estragos si los frutos son placeres, no mató a miles de seres Tamerlán en su reinado?*, aseguró Maco con una sonrisa en sus labios.

—Claro, es lo mismo que en este momento pasa en el mundo con los países desarrollados que, para cubrir sus necesidades, están aprovechándose de los recursos de países más débiles, para expandir su crecimiento.

—Sí, exacto, no solo para sobrevivir, sino para aumentar su poder imperial o simplemente para intentar doblegar, con el tiempo, a otros que también estarán en esa misma lucha, afirmó Maco.

—Púchica muchá, es un tema muy profundo este, ya ni parecemos vulgares bolos, ja, ja, ja, ja, ja, ja, ja, indicó Julio muy feliz de estar con todo el grupo, pero especialmente de ser novio de Amelia.

—En otras palabras, *La voluntad del poder*: obtiene, mata, roba, somete, conquista, domina, esclaviza, toma, arrebata; hará todo por conservar su poder, pero también por hacerlo más grande, así funciona esta situación. *La Voluntad del Poder* es, posiblemente, la obra más detallada, elaborada y completa de la filosofía nietzsheana. Para este mismo filósofo alemán, fue esta una de sus creaciones más importantes, a pesar de no haberla concluido, debido a su fallecimiento en 1900. La obra se publicó después de su muerte, en 1901. Muchos de los ejes temáticos del egregio filósofo están planteados en la *Voluntad del Poder:* El Nihilismo, la crítica a la metafísica, a la moral, a la religión y también desarrolla la transmutación de los valores. Todo lo anterior es develado en esta obra de suma importancia, pero, sobre todo, en lo contenido en el capítulo tercero titulado, *Fundamentos de una nueva valoración.* Esto no lo digo yo, lo plantea Nietzsche en estas obras que les menciono. *La voluntad de poder* se debe a sí misma, se quiere a sí misma, es un impulso de vida que se desea a sí mismo; es parecido al deseo del otro, planteado por Hegel en su obra *Fenomenología del Espíritu* en la parte donde desarrolla el tema de la *Dialéctica del amo y el esclavo,* ¿Bueno, no sé si alguna vez leyeron esto? prosiguió Maco en la charla de esa tarde en el antro de don Chilo, deduciendo que su exposición era más bien un monólogo.

Todos sus amigos soltaron a reír a carcajadas, debido a la pregunta de si alguna vez habían leído este pensamiento de Hegel. Les pareció gracioso que él pensara que ellos hubieran leído este tipo de obras un tanto complicadas al entendimiento humano.

—Puta muchá, relájense, todos estos putos filósofos, Hegel, Nietzsche y el tal Heidegger ya se murieron, ya ni los huesos quedan de estos cabrones, ya no están en este mundo y no lograron arreglar ni mierda, mejor relajémonos un poco, aseguró Tulio quien deseaba olvidar por un instante todos los problemas que tenía y que según él se agravarían.

Para colmo de males, esa tarde, su teléfono no dejaba de vibrar con los mensajes que entraban en su WhatsApp, algunos eran de sus enamoradas de la universidad a quienes había endulzado el oído y ya extrañaban verlo. Otros eran de la misma Amelia, quien haciendo como si fueran mensajes dirigidos para su familia, le había enviado algunos estando en el mismo antro frente a él, reclamándole la forma descarada y cínica de su proceder con ella y con Julio, su amigo, sabiendo de su embarazo. Tulio habría querido beber de las aguas del Leteo para olvidar sus conflictos en la vida.

—¡Salud!, ¡Salud! Dijeron todos alzando sus botellas esa tarde, festejando el cierre de otro semestre de estudios, pero, principalmente, celebrando a Baco. Cuando el reloj del antro que estaba junto a la caja registradora marcó las siete de la noche, la embriaguez del grupo era total, estaba en el máximo esplendor. Esmeralda, con la mirada un tanto perdida, preguntaba a Maco acerca del aspecto filosófico de Dioniso y Apolo, que habían dejado pendiente un par de horas atrás, cuando Tulio interrumpió la charla con sus impertinencias.

—Maco, decime ¿Dioniso y Apolo, no eran en la antigüedad un poco lo que hoy son Jesús y el diablo?, preguntó Esmeralda.

—No, para nada, pienso que no. Jesús a través del cristianismo se devela a la humanidad como el bien

supremo, el amor encarnado, el que lava y quita los pecados del mundo. Este sacrificio es opositor del mal o el pecado, el cual está representado por un ángel caído, quien gobierna el infierno o esta parte del universo de la cosmovisión cristiana. Lo apolíneo y lo dionisíaco no son elementos que se oponen en sí, pienso que más que eso, se complementaban el uno con el otro. Te comparto esto amiga, según Pausanias, historiador y sacerdote lidio, quien vivió en el siglo II d.C., había tres aforismos que estuvieron inscritos en una parte de la entrada principal del templo de Apolo en Delfos, lugar donde la pitonisa anunciaba los augurios del oráculo a los visitantes de ese legendario santuario. El primer aforismo decía *Conócete a ti mismo*, creo que esta frase se aplica tanto a lo apolíneo como a lo dionisíaco. Con Apolo, el hombre se conoce de forma introspectiva, es decir, hacia adentro, con Dioniso el hombre se conoce de manera extrospectiva, hacia afuera. El segundo aforismo decía, *Nada en exceso*, cosa que por lo visto los que estamos chupando aquí no comprendemos. La tercera inscripción era una E, pero de esto hablaremos más noche, en otro lugar donde la terminaremos, ¿Te parece?

—Sí, de ahuevísimo Maco, ya sabés jalamos juntos. Contestó Esmeralda feliz de prolongar la chupadera.

—Buena onda. Continuando con lo que te estaba diciendo, Plutarco de Queronea, fue un filósofo y moralista griego quien también fue sacerdote de Delfos, aseguraba que la naturaleza humana estaba compuesta por tres partes de razón apolínea y una parte mística dionisíaca. Algunos iniciados en las leyes del mentalismo dicen que el siete representa la vida humana, debido a que ese número posee cuatro cargas positivas y tres negativas, lo que quiere decir que el bien triunfa siempre sobre el mal.

—Entiendo mi amigo, gracias por compartirme esto porque en medio de la borrachera que tenemos lo que nos contás hace que todo esto tenga sentido, al menos para mí, ja, ja, ja, ja, ja, me siento esta noche identificada con Dioniso, ja, ja, ja, ja, estoy feliz, decía meciéndose torpemente Esmeralda, debido a la curda que la dominaba.

¡Salud!, ¡Salud!, dijeron los cinco casi al unísono, alzando sus frías botellas. Para las ocho de la noche la embriaguez había llegado casi al tope de su resistencia. En la mesa había sesenta botellas vacías.

—Puta muchá, hoy si me la puse, decía Tulio, casi a punto de olvidar todos sus problemas, intentando contestar una serie de mensajes que tenía en el WhatsApp.

Amelia estaba muy ebria y también tenía muchos mensajes de WhatsApp sin atender, los puntitos verdes de su moderno aparato telefónico poco le importaban, exceptuando los mensajes de su progenitor, quien en marcadas oportunidades le había advertido que no la quería ver borracha, que de no someterse a los lineamientos de la casa tendría que buscarse un empleo e independizarse, ya que él hacía un sacrificio para mantenerle la carrera y todos sus gastos, incluyendo sus borracheras y los lujos de su carro. Abrió los mensajes de su padre y leyó todo lo que le había escrito. Tenía temor de llegar alcoholizada a la casa. De golpe suspendió la bebida.

—Si supiera el viejo que estoy preñada del mierda de Tulio, se dijo casi cerrando los ojos con cólera.

De golpe se paró y en medio del infernal y dionisíaco ambiente bohemio, se levantó para despedirse de sus amigos.

—¿Y por qué tan temprano Amelia?, preguntaron todos a un tiempo.

—Me siento mal y quiero ir a mi casa, además ya conocen a mi papá, mejor no le doy más disgustos, dijo la guapa señorita, pensando que tarde o temprano tendría que decirle también a su padre lo de su futuro nieto.

Luego de que partiera Amelia, todos se quedaron un rato más en el antro de Chilo. Tulio no intentó ayudarla ni encaminarla al parqueo donde ella había dejado su deportivo. Todo lo contario, él se hizo de la vista gorda al verla en ese estado. Además, los tres varones tenían que pagar lo consumido en el tugurio de don Chilo. Mientras el mesero les hacía la cuenta del guaro ingerido, Maco aprovechó a concluir su charla filosófica respecto de la embriaguez y Dioniso, diciéndoles que en la antigüedad había existido, en Grecia, un filósofo y diplomático griego de nombre Eubulo, quien aseguraba que tres copas hacían bien al hombre, la primera beneficiaba la salud, la segunda era destinada al amor y la tercera provocaba el sueño. Las demás subiendo hasta el diez, causarían entre otros problemas: violencia, riñas, intervención de las autoridades en disturbios, destrucción de la vida y la propiedad privada, gritos en la vía pública y por último la locura misma. Recuerden mis amigos, *nada en exceso*, agregó Maco riéndose a carcajadas por la borrachera que se había puesto.

—Creo que vos estás en el diez de la escala de Eubulo mi embriagado amigo, indicó Tulio un poco más relajado por la *papalina* que cargaba.

Amelia se dirigió al parqueo que estaba atrás del antro donde había dejado su vehículo. Sintió pesadas las piernas, además de largo y fatigado el caminar en el

ordinario piedrín del lugar, al cual llegó haciendo como si nada pasara, fingiendo estar sobria. La joven sintió que el aire fresco de la noche la había puesto más torpe en sus movimientos. Amelia actuaba preparándose para entrar en su casa, para que su progenitor no se percatara de las doce cervezas que corrían en sus venas. A unos diez metros del carro, activó su llavero del control remoto para quitarle llave a la cerradura central del auto. Subió al vehículo y encendió el potente motor de 2,000 centímetros cúbicos, modificado con óxido nitroso para hacer que el carro se desplazara a grandes velocidades. El interior del auto parecía un avión, con muchos marcadores de agujas, cables, mangueras y equipo instalado por un mecánico profesional que hacían del vehículo una verdadera máquina de correr. Amelia era aficionada a las carreras clandestinas nocturnas, su carro tenía esos arreglos para ganar competencias en la vía pública. Salió por la Calzada Roosevelt y se enfiló rumbo al Trébol.

El potente acelerón que le dio al motor cuando partía del parqueo del antro de Chilo, atrajo la atención de otro piloto que casualmente pasaba por el mismo lugar con un carro alemán modificado también para ganar carreras. El retador se colocó junto a ella, quien, en medio del estupor etílico, comprendió perfectamente el mensaje del joven provocador.

La fémina se detuvo en plena calzada para que la competencia fuera justa y partieran en el mismo segundo de una línea imaginaria pintada en el negro asfalto. Aceleraron unos segundos y haciendo un tremendo estruendo salieron como locos rumbo al sector del Trébol. Ambos rebasaban a los otros carros del bulevar tanto a la derecha como a la izquierda para tomar ventaja de cualquier oportunidad, no había meta de llegada, la carrera terminaría súbitamente cuando

alguno de los dos vehementes corredores, decidiera retirarse de la ruta de competencia.

Los dos demostraban su destreza, pero Amelia iba totalmente ebria. En menos de cuatro minutos, llegaron al mismo Trébol. Un bus urbano rojo salió de forma súbita de donde estaba parqueado del lado derecho de la calzada. Amelia, quien iba a más de 120 kilómetros por hora, no tuvo más que procurar esquivarlo intentando meterse en un pequeño espacio que quedaba entre el enorme vehículo colectivo y una columna del puente que se apareció de golpe frente a ella.

Sus amigos en el antro estaban despidiéndose. Maco y Esmeralda se irían a terminar la fiesta a otra cantina que estaba en la Avenida Bolívar. Doce minutos después de iniciada la competencia, Tulio recibió una llamada de Amelia a su teléfono celular.

—Estoy muriendo Tulio, me estrellé abajo del puente del Trébol, alcanzó a decirle la bella joven, con una voz quejumbrosa, pero sin señales de llanto.

Julio y Tulio se dirigieron inmediatamente hasta lugar del siniestro. Maco y Esmeralda tenían tres minutos de haberse ido al Tejuite, un cuchitril de la Bolívar. El novio y el padre de la criatura se bajaron corriendo del auto y se abrieron paso entre todos los morbosos que gozaban viendo aquel espectáculo trágico y truculento. Las fuertes luces de dos ambulancias que no se movían del lugar anunciaban la partida de Amelia. La joven yacía en el suelo tapada con un cobertor fosforescente color naranja.

—¿Conoce a la joven que falleció?, interrogó el jefe bomberil a Tulio, quien se adelantó unos metros de Julio.

—Sí, sí la conozco dijo él, fingiendo una actitud de profundo pesar, luego de levantar lentamente la cobija fluorescente. Desde niño Tulio siempre tuvo un lenguaje mendaz.

—¡No, no es posible, esto no puede ser cierto!, aseguraba Julio, llorando junto al cadáver de Amelia, quien tenía solo unos minutos de haber expirado a la eternidad.

Tulio contemplaba la escena de Julio llorando amargamente junto a los despojos de Amelia, pero su rostro no mostraba ningún tipo de compasión, todo lo contrario, sintió en su interior un gran alivio, porque con el fallecimiento de su ex amor moriría también el embrión de su problema del embarazo; el tremendo dilema de truncar su carrera como arquitecto había cesado. Su rostro lucía relajado y disimulando su alegría por el fatal accidente.

Ocho días después del trágico acontecimiento, Esmeralda, Maco, Tulio y Julio están nuevamente celebrando la vida en el antro de don Chilo. De aquel cuarteto, el único que no extraña a la finada es Tulio, sin embargo, Esmeralda dijo aquella tarde:

—Gracias a Dios no me fui con ella esa noche, porque siempre era Amelia quien me daba jalón a mi casa, pero Maco me dijo la noche del accidente que la termináramos en el Tejuite, que fue el lugar donde nos enteramos de la noticia. De haberme ido con ella estaría muerta, pero como no fue así, ¡Brindemos mis amigos, ¡Brindemos por Baco, por Nietzsche y por nosotros! ¡Salud! ¡Salud!, dijo la indolente y viciada joven a sus pensativos compañeros.

La dama de la luna

Profundamente dormido, Amado soñaba que estaba holgadamente sentado en un sofá de cuero, los otros sillones del amueblado eran verdes, en un tono obscuro. La sala donde él se encontraba era amplia, fresca e iluminada con una luz tenue. Aquel salón formaba parte de una espaciosa casa que nunca en sus casi 60 años Amado había visto. Junto al sexagenario había una bella joven, llena de vida y alegría, tendría unos 23 años. Parecía una señorita soltera, sin compromiso de hijos u obligaciones matrimoniales. Amado la abrazaba fuerte y ella estaba feliz en el sueño; jugueteaba con él, haciéndole todo tipo de bromas y haciéndole cosquillas y flirteos, como si el provecto hombre tuviera sus mismos años.

Amado experimentaba una felicidad que nunca había sentido, tenía muchos, muchos años de no sentirse así, libérrimo y pleno de vida. En el sueño, no comprendía muy claramente lo que estaba pasando porque sabía que esa hermosa escena la estaba soñando con 60 años sobre su piel, sin fortuna, sin futuro, con un pasado cargado de cosas sin resolver.

¿Qué derecho tenía él de estar tan feliz? ¿Qué derecho tenía el maduro señor de sentirse libre en aquella escena onírica? Se aferraba a no salir de ella, a no renunciar a esta realidad que estaba viviendo; deseaba con vehemencia quedarse con ella en ese espacio que el sueño o la vida, o algo o alguien le había brindado. Quería disfrutar esos segundos lo más que pudiera. Cuando era joven, Amado experimentó momentos semejantes a este, con Magi, una novia que tuvo 45 años antes de la noche en que soñaba con esta dama joven de quien este caballero no sabía ni el nombre, pero que estaba compartiendo junto a él aquella escena intensa y llena de amor, de ese amor que no puede comprarse con dinero, de ese que nace como un manantial en las entrañas de la otra persona, cuya actitud en este caso era de total entrega. Amado aspiraba y tocaba la frondosa cabellera de la joven, que era del color del trigo maduro. La tierna dama era alta y delgada, aunque no hablaba de cosas serias ni definitivas, Amado sabía que era una señorita muy culta e instruida, recién graduada de alguna prestigiosa universidad. Por un instante se dijo a sí mismo:

—No tengo nada que ofrecer a esta joven, más que el amor que siento por ella. Pero si nada es eterno, ni infinito ni inconmensurable ¿De qué puedo preocuparme? Solo estoy aquí con ella, es tan dulce, tan bella, es como el deseo de todos los hombres hecho realidad, una mujer para acompañar la vida y darle sentido a la existencia; ella es para disfrutarla, para formar un hogar, en una casa donde pasen los años y envejecer. Pero que digo, envejecer, si yo ya llegué a esa etapa y ella no ¿Qué derecho tengo a vivir algo como esto?, se cuestionó, pero sin sentirse culpable, más bien aferrándose a lo que el sueño le estaba brindando.

La joven seguía flirteando y acariciándole el cabello cano al hombre del sueño; le besaba tierna y sutilmente los labios con su pequeña y carnosa boca perfumada. Ella estaba formada de las partes más bellas y de las virtudes de cada mujer que Amado tuvo en la vida, pero era otra; ella era todo aquello que el maduro caballero no encontró en las otras damas con las cuales compartió muchos momentos. Aunque la escena del sueño no duró más que unos minutos, él sabía todo de ella, cómo era, como si la conociera de toda la vida, pero también, como si ella hubiera guardado para él su misterio. Amado sabía que la joven lo quería, ella sabía que él deseaba pasar con ella una eternidad, sin ningún interés, a nada, sin esperar algo a cambio, sin exigir al viejo caballero que fuera un héroe de película, que ganara su amor en alguna épica batalla. Todo lo que ella deseaba estaba junto a él, en el holgado sillón verde

donde se besaban y acariciaban. Ella era la mixtura de todas sus expectativas, la mujer que esperó siempre; él era para ella el hombre de sus sueños, al que siempre buscó y por fin encontró en aquel sueño tan hermoso para ambos. La casa, aunque no era una gran mansión, era amplia y muy bonita, ideal para ellos, hecha a la medida de sus deseos, con el ambiente perfecto para vivir cada instante de esa eternidad.

La dama se levantó de golpe y lo invitó a bailar con una música suave que emanaba de algún lugar, aunque Amado no sabía de dónde procedía, si de un oculto aparato o si venía de afuera, del mundo exterior a su sueño. Él sentía el cuerpo espigado y magro de la dama, su olor exquisito, su piel con textura de pétalo de rosa, llena de perfumes misteriosos y embriagadores; la besaba sin sentir culpa, sin ansias del futuro, con abandono de responsabilidades y compromisos, sin pasado ni futuro, solo el bello presente que estaban viviendo de forma intensa, únicamente él y su princesa de sueño.

Ella lo tomó de la mano y sin mascullar palabra lo llevó a conocer el resto de la enorme casa, así llegaron a un recinto interior lleno de flores, las cuales estaban plantadas en unas anchas jardineras que hacían ángulo con las paredes, el hermoso jardín era más bien un patio con arriates laterales. Este lugar tenía un enorme domo que lo cubría en su totalidad, pero sin obscurecerlo, era un techo de forma cóncava hacia el cielo y estaba formado con millares de pequeños vidrios de colores que lo hacían ver desde abajo, como un enorme caleidoscopio que descomponía la luz en preciosas gamas de colores. Siguieron caminando, buscando el final de la casa y, luego de pasar por un elegante comedor, llegaron a un enorme jardín exterior, lleno de verde césped, de ese que al caminar sobre él se siente su firmeza y grosor, de esa grama que ha sido esmeradamente cuidada por un jardinero que la ha regado y abonado por años. Entonces ella lo condujo de la mano hacia el centro del hermoso edén y, viéndolo a los ojos le dijo:

—Mira que hermosa luna la que hace esta noche, has encontrado tu tesoro perdido amor mío.

—Sí, tú eres mi tesoro perdido, el que siempre busqué y puedo jurarte que ahora que te encontré no te dejaré ir amada mía; amárrame a tu ser, déjame estar contigo en este hermoso sueño, hecho de tus mismos sueños, dama de la luna, le dijo tiernamente Amado a la bella joven, quien iluminada por la luz iridiscente del plenilunio se miraba radiantemente hermosa, divina, como diría un poeta.

Tiernamente la besó bajo la luna llena, luego la miró a los ojos y le dijo:

—¡Eres la dama de mi luna! Contigo se acabó el sustine y abstine de mis viejos matrimonios, contigo estaré eternamente en el edén prometido. Todo esto es un tanto abstruso para mí, pero no me importa, por primera vez no cuestionaré si lo merezco o no, ¿No lo sé? Pero lo que sí sé, es que no te dejaré ir amada mía, te estrecharé junto a mí para siempre. Amado besaba intensamente a la dama de la luna, ella seguía jugueteando y entre los arrumacos de amor que le dedicaba le dijo:

—Te quiero Amado mío, te quiero.

—Yo también amada mía, le contestó con toda la felicidad del mundo en el corazón.

Afuera del sueño, en la calle, un impudente vecino salió a la banqueta y encendió la mecha a una larga

ametralladora de cohetillos, con la intención de iniciar la celebración del cumpleaños de una de sus hijas. Dentro del sueño, Amado sintió que algo estruendoso sucedía más allá del muro que dividía el bellísimo jardín de su amada. Sintió un fuerte dolor en su corazón, pero se aferró aún más a ella.

Cuando fueron las diez de la mañana, doña Julia, la señora encargada de la limpieza de la casa, ingresó en el dormitorio del provecto caballero, quien tenía algunas horas de haber fallecido. Amado mostraba una expresión de felicidad en su rostro.

La primera comunión

Cristina enviudó antes de cumplir 55 años, su matrimonio fue tranquilo y feliz, pero la naturaleza le negó los vástagos que tanto anheló tener junto a Chema, su difunto esposo. Vivieron siempre en la finca de don Pedro, un terrateniente de buen corazón, que, inclusive, les donó un pedazo de terreno para que ellos hicieran su propia casa, junto a la finca, y tuvieran sus propios cultivos para complementar su existencia.

Viuda y sin hijos, Cristina se sentía muy triste y sola en la casa. Una tarde cuando compraba víveres en el pueblo, miró a una niña que lloraba amargamente afuera de la tienda, es decir, en la acera donde se encontraba la entrada del negocio. Cristina se acercó a ella y le preguntó qué hacía sola y llorando tristemente en aquel lugar. La niña, de apenas 7 años de existencia, le contó que su madre la había abandonado a su suerte porque se había ido con su novio a buscar una nueva vida. Desde ese día, la viuda la adoptó y la crio como si fuera la hija que nunca tuvo.

Cuando Jacinta, su hija putativa, cumplió 13 años, Cristina la llevó a la Iglesia del pueblo para que la niña hiciera la Primera Comunión. Luego de algunas semanas de recibir catequesis, se dispuso a recibir el cuerpo de Cristo. La niña, quien casi era una mujer, seguía siendo un tanto salvaje y huraña. Estando lista para recibir la sagrada hostia, el párroco de la iglesia, quien era un provecto hombre venido de España, se paró frente a todas las niñas y niños y viéndola más grandecita, decidió preguntarle, primero a ella, respecto de lo que había aprendido en la catequesis:

—¿Quién os ha creado?, le dijo con voz firme el cura a Jacinta.

—¡Pues mi madre Cristina y quién más!, contestó de forma tajante la jovencita.

Sorprendido el cura se dirigió a ella nuevamente preguntándole:

—¿Dónde está Dios?

—¡No lo sabe usted lo vua a saber yo!, le respondió segura Jacinta al padre.

El Párroco molesto volvió a insistir.

—¿Cómo te llamas hija?

—¡Yo no me llamo, mi mamá Cristina me llama cuando quiere que le haga algún mandado!

Muy incómodo con las respuestas el clérigo le dijo:

—¿Qué estáis haciendo en esta iglesia niña?

—¡Trato de contestarle cosas que ni usté mismo entiende, señor cura!, manifestó un tanto molesta Jacinta.

Con el ceño fruncido de ira, el viejo preste señaló:

—¡Este es un caso perdido! De todas formas, que haga la Primera Comunión esta niña. ¡No hay nada que hacer!

Mayo del 68

Abruptamente Nohelia se detuvo frente a la casa de Leonel. Conducía un BMW 2002 *Tii* naranja, modelo 1968. Junto a ella, en el flamante carro deportivo, iba sentada, a manera de copiloto, Maritza, una joven de 25 años, alta y bonita, de cuerpo sinuoso y sensual. Nohelia, de 27 años, era bajita de rasgos faciales perfectos, un poco gorda y con una sonrisa que endulzaba la vida de todos sus amigos.

Los tres bocinazos que dio para anunciar su arribo rompieron el frágil silencio del amanecer, en aquella área residencial cerca de Miraflores donde vivía Leonel, el joven Filósofo de 33 años. El alba se despedía de la noche con una débil garúa que mojó levemente el automóvil y las silenciosas casas de la colonia donde todos dormían, inclusive los padres de Leonel. Ni la Dixy, la perra que cuidaba la casa ladró esa madrugada.

Era el domingo 5 de julio de 1970. El joven licenciado salió de la vivienda vistiendo jeans desteñidos y una playera blanca con un signo de paz y amor. Llevaba una mochila en la espalda y algunas frutas dentro de una bolsa de papel. Se acomodó en la parte trasera del vehículo de dos puertas y luego de un festivo saludo con las jóvenes damas, el trío partió hacia el Puerto San José, donde pasarían el día disfrutando del sol, el mar y la tibia arena negra de la playa.

Una hora antes de salir de su lujosa residencia en La Cañada, Nohelia, todavía en la cama de su dormitorio, recordó muchos de los maravillosos momentos que compartió con Leonel cuando él estuvo en París. Antes de partir junto a Maritza hacia la casa del joven licenciado, Nohelia pasó buena parte de la noche sin dormir, dando vueltas en la cama, lucubrando entelequias románticas con su amado filósofo, su amor platónico. Tenía tan fresca la última noche que Leonel pasó en París, en su departamento. Ese día Jacobito,

Paolo y otros compañeros de filosofía que tuvo en la Sorbona, le organizaron, por la tarde, una pequeña reunión a manera de despedida. Hubo risas, bromas y recordaron buenos y malos momentos de la Huelga del 68 y también gratos instantes dentro de las aulas del Alma Mater.

Leonel regresó al apartamento de Nohelia muy cerca de las siete de la noche. Ella también le había preparado una hermosa velada para despedirlo. Cuando él entró en el recinto, Nohelia tenía la mesa del comedor exornada con unas aromáticas rosas y dos velas blancas, todo puesto de forma armoniosa y delicada, para luego servir la pasta que tanto gustaba a su amigo del alma. Leonel ingresó en el apartamento contemplando lo singular y tenue del ambiente con la luz suave de las bellas candelas. Nohelia tenía listo un disco de larga duración que contenía una canción que deseaba bailar con él. Leonel quiso darle las gracias por todo, pero ella puso el dedo índice en sus labios, como diciéndole no digas nada ahora. Lo llevó muy cerca de la radiola que estaba ubicada frente al cheslón rojo y luego de situar la manivela con la aguja en la canción escogida por ella, lo tomó de las manos y viéndolo a los ojos le dijo:

—Bailá conmigo esta canción Leonel, quiero que la recuerdes siempre.

Él sonrió levemente y con las primeras notas de *Mis manos en tu cintura*, de Salvatore Adamo, iniciaron la danza como dos enamorados. Nohelia se recostó unos instantes en su pecho, él la abrazó fuertemente mientras intentaba llevar el ritmo de la bella melodía. Las lágrimas no se hicieron esperar en los ojos de la dama. Ninguno de los dos dijo nada, ni una sola palabra. Así terminó la pieza, pero siguió sonando mientras cenaban esa noche.

Ella había regresado por unos días a Guatemala solo para verlo, luego de tres meses de ausencia estaba desesperada por él. Ansiaba escuchar su voz, aunque fuera por un instante y ver de nuevo sus ojos color avellana. El retorno del joven filósofo a su tierra la había dejado devastada, muy triste, sin deseos de vivir. Su gran problema era que su necesidad por él no era la misma que la de él por ella. Nohelia sabía que Leonel no la amaba como un hombre ama a una mujer y que ella ni figuraba en sus proyectos de vida. El joven profesor había regresado a Guatemala, motivado a dar algunas cátedras de filosofía en la Facultad de Humanidades, en donde le habían ofrecido algunas horas de trabajo, pero en el fondo él estaba convencido de involucrarse en algún cuadro o grupo insurgente, sin importar que fueran las FAR u otra organización rebelde. Estaba persuadido de que la lucha revolucionaria cambiaría a Latinoamérica. La huelga de los jóvenes de Mayo del 68 había influido en su manera de pensar. Quería aportar algo a su país. Muchos de sus compañeros se encontraban combatiendo en plena montaña muy seguros de que tarde o temprano tomarían las riendas de Guatemala y administrarían todo de manera equitativa.

Nohelia recordaba con mucha nostalgia cada lugar donde compartió momentos gratos con su amado Leonel a quien quería y admiraba entrañablemente. A él le gustaba mucho la amplitud y el profundo silencio de los Campos de Marte y la cercana vista de la enorme Torre Eiffel. También en ese lugar él tenía un rincón preferido… una banca de metal que estaba bajo la sombra de un frondoso Olmo de la justicia. Leonel reconocía cada árbol plantado en ese holgado paraje y los abrazaba constantemente. Sus árboles favoritos eran Los Castaños de Indias y los árboles de Diana, quizá por eso le gustaba ir con Nohelia a la île aux Cygnes, creada para proteger el Puerto de Grenelle, en la cual había una fresca y verde alameda conocida como *Ala del cisne* de casi un kilómetro de largo donde habitaban y convivían muchos de estos seres vegetales.

Nohelia y su nuevo amigo recorrían este hermoso paseo en la Isla de los Cisnes, donde podían disfrutar el Sena por ambos lados, era relajante sentarse, por las tardes, a charlar en un viejo escaño y ver los pequeños barcos surcar la mansa corriente del río. Al joven licenciado le fascinaba atravesar los tres puentes del paseo, el Bir Hakeim, el Rouelle y el Grenelle. Algunas veces tomaban una pequeña vereda de tierra que los conducía hacia la Estatua de la Libertad. Leonel descubrió en la mágica París que esta ciudad era idónea para pensar, meditar, filosofar, amar y olvidarse del mundo y sus conflictos.

Leonel tenía apenas tres meses de haber regresado de París, ciudad donde realizó algunos estudios filosóficos.

Después de graduarse en la Facultad de Humanidades de la Universidad de San Carlos de Guatemala, sus amorosos padres le ofrecieron un vehículo nuevo, como premio a su esfuerzo como estudiante, pero sus anhelos eran otros.

—Mis amados padres, agradezco bastante su ofrecimiento del carro, pero mucho he deseado continuar mis estudios de filosofía en París y recibir del mismo maestro Sartre algún curso de esta disciplina académica en la Sorbona, les dijo con un tono amoroso a sus cariñosos progenitores.

—Está bien, ayudaremos a realizar tus deseos, sabes que cuentas con nosotros, te amamos y te apoyaremos en todo, aseguraron, con amor, sus queridos padres.

Luego de unas semanas de arreglos, de conexiones de viaje y de varias llamadas a algunos amigos que estaban en Francia, Leonel partió en enero del 68, rumbo a la legendaria París.

El joven filósofo era muy sano y de buenas costumbres, no bebía licor, tampoco fumaba ni gustaba del desvelo de las fiestas, más bien disfrutaba los deportes al aire libre, sobre todo la natación y el boxeo, disciplinas que practicaba eventualmente. Debido a su vida correcta y ordenada, tenía algunos ahorros del dinero que por años le habían dado sus padres, es decir, durante su trayecto de estudiante en la universidad. Con esos fondos y con los que se habían destinado para el automóvil, partió para el Viejo Mundo. Llevaba suficiente para sostenerse estudiando por más de ocho meses en Francia. Luego, sus padres completarían sus gastos de estudios por dos años.

Salió hacia París del aeropuerto de la Ciudad de México en un Boeing 737-100 de Pan Am, vuelo que lo llevaría hasta la capital francesa. Leonel iba conmovido, con el corazón colmado de emociones, por muchos años su más ferviente deseo era conocer y estar frente al mismo Jean-Paul Sartre, personaje mítico en Latinoamérica, escritor, poeta, dramaturgo, crítico literario, filósofo y guionista cinematográfico francés. El estudiante compartía con el gran maestro Sartre, su ideología existencialista, sus ideas acerca de la libertad, su humanismo extremo y, sobre todo, era asiduo lector de muchas de sus grandes obras filosóficas, especialmente *El Ser y la nada*, publicada en 1943, obra ontológica que representa la primera filosofía egocéntrica de este autor en el sentido de estar basada en la trascendencia del ego.

El aprendiz sabía de memoria algunas frases célebres del mismo Sartre, *Un hombre es lo que hace con lo que hicieron de él. No hay necesidad de fuego, el infierno son los otros.* El plan que tenía Leonel respecto de sus estudios estaba lejos de algo formal o muy serio, lo que intentaba en ese viaje era cambiar de ambiente un tiempo, salir del seno de su hogar y fundamentalmente buscar su propio destino, su futuro, su propia vida. También quería percibir una sociedad distinta a la suya, convivir con otras personas, otra cultura; además ver de cerca y escuchar a los grandes de aquel momento, Michel Foucault, Jacques Lacan y a otros egregios pensadores de esa época.

Llegó a un París muy frío, Leonel no estaba acostumbrado a las temperaturas gélidas de los inviernos en esta parte del planeta; sin embargo, luego de comprarse un abrigo y algunas prendas para soportar el helado clima, fue adaptándose poco a poca a la bella ciudad. Fue la misma Nohelia, quien manejando el BMW rumbo al mar, fue a recogerlo al aeropuerto de Beauvais-Tillé porque el enorme aeropuerto Charles de Gaulle, estaba en construcción en esos días. Allá también conducía muy rápido un Peugeot 403 modelo 1962. A pesar del cansancio del viaje y de la espera en el aeropuerto conocer a Nohelia fue algo muy agradable para Leonel, ella tenía dos años de estar en la bella París. El estudiante se quedaría unos días con la joven, mientras conseguía algún departamento en el Barrio Latino cerca de la Sorbona.

No podía creerlo, después de un tedioso y fatigado viaje yacía emocionado de estar en Europa en la mágica Ciudad Luz, por antonomasia. Leonel estaba muy feliz, para él todo aquello era como un sueño maravilloso, su padre (don Memito) le contó cuando niño, que el prosista guatemalteco Enrique Gómez Carrillo, escribió muchas de sus obras en esta ciudad de ensueño. Que la bella metrópoli francesa había sido cuna de grandes filósofos, poetas y escritores, tanto

locales como extranjeros; el mismo Miguel Ángel Asturias redactó en París *Leyendas de Guatemala* y conoció en sus calles al mítico Miguel de Unamuno.

El tapiz del Peugeot 403 estaba frío como la noche parisiense, en la radio que llevaba sintonizada la joven, sonaba *La Boheme*, una canción estrenada por Charles Aznavour solo dos años antes. A pesar de que era un tema melancólico, se escuchaba mucho en esos días; la canción narraba la historia de un pintor y su amante, una modelo que posaba para él; compartían una intensa vida amorosa y precaria en la bella ciudad de París, en el ocaso de la vida bohemia, aquella que congeló en el tiempo el gran artista Pierre August Renoir, en su famosa pintura *Baile en el Moulin de la Galette*.

Renoir plasmó en este lienzo una escena tomada de la vida bohemia en el Moulin de la Galette, lugar ubicado en el corazón de Montmartre y construido donde corona la colina más famosa de París. Durante el siglo XVII, en este y otros lugares de la capital francesa hubo molinos que trituraban harina de trigo y centeno cosechado por los agricultores de la periferia de la ciudad.

El Moulin de la Galette se volvió famoso después de la Revolución Francesa, cuando fue comprado por una familia de apellido Debray, quienes, además de triturar harina, horneaban un exquisito pan de centeno, el cual vendían los domingos, acompañado de un vaso de fresca leche. Esta merienda gustaba mucho a los numerosos visitantes que llegaban de paseo hasta esta colina. Después de algunos años, Nicolas Debray convirtió el viejo molino en un salón de baile y tentempié, rodeado de bellos jardines. Fue en esa etapa cuando Renoir eternizó, en 1876, uno de esos instantes en su cuadro. Veinticinco años después de

que Renoir detuviera en el tiempo la escena del baile en el Molino de la Torta y cuatro años antes de radicar permanentemente en París, en el edificio Beteau-Lavoir ubicado en la calle Revignan de Montmartre, Pablo Picasso pintó su propia interpretación de este mismo lugar, *Le Moulin de la Galette*. A diferencia del cuadro de Renoir que retrata una escena con un diluvio de luz solar, con personas que disfrutan del fresco ambiente que parecen dar los árboles y un hermoso jardín, el lienzo de Picasso describe un salón nocturno, cerrado, alumbrado de forma tenue por muchas velas en el fondo e iluminado hacia el frente con una fuerte luz que parece emitida de un cañón de iluminación teatral o seguidora, misma que evidencia los atuendos de las damas y los caballeros que disfrutan bailar en una noche bacanal. *La Boheme* de Aznavour, describe el final de la Belle Époque con una canción que narra la nostalgia de la vida bohemia, del pintor y su amante, quienes, con la venta de un cuadro, solían pasear, comer y disfrutar de la mágica París. Después de un tiempo, el pintor volvió a la ciudad y encontró todo cambiado, aquella vida no existía más.

Las calles y aceras de la legendaria colina de Montmartre son descritas en una letra triste, pero con alto sentido humano en la hermosa canción Dans Ma Rue, compuesta por el recordado compositor francés Jacques Datin, quien cuenta en el relato la trágica vida de una joven criada en un hogar sin amor, con una madre lavandera y un progenitor borracho, quien la induce a prostituirse en las calles de la antigua colina parisina. Édith Piaf interpretó, con el alma, este tema musical durante 1946.

Se sabe que el libreto de la ópera La Bohème de Giacomo Puccini, fue tomada por el mencionado compositor italiano, de una colección de relatos o viñetas que algunos consideran la novela *Scènes de la vie de bohème*, del autor Henry Murger, que describe la vida de unos artistas que habitaron una casa ubicada en el Barrio Latino de París en 1840. Don Memito, el padre de Leonel, escuchaba muy seguido dos áreas de esta obra: *Che gélida manina y Mi Chiamano Mimi*, las disfrutaba cuando las oía en la radiola alemana que tenía junto a la ventana de la sala, en donde ponía discos de larga duración de 33 revoluciones con las voces de María Callas y el famoso tenor norteamericano Richard Tucker.

—Gracias Nohelia, sos muy amable, gracias por todo lo que has hecho por mí, espero estar solo unos días en tu apartamento. Jacobito me ha estado buscando un lugar en el Barrio Latino cerca de la Sorbona, espero tenga noticias muy pronto, dijo el joven un tanto preocupado.

—No te inquietés amigo, por mí podés quedarte conmigo hasta que concluyás tus estudios y tus metas, aparte, me ayudarás con el pago de la renta, buena falta que me hace esta ayuda, agregó la joven sonriéndole a la noche.

El apartamento de Nohelia no era muy grande, tenía un pequeño vestíbulo luego de la puerta principal con un reducido escaño blanco y una hermosa aglaonema que adornaba la entrada. Junto a esta frondosa planta, había también otra maceta más chica, con un verde euforbio mediterráneo que no era del gusto de Nohelia, dado su peculiar olor, pero apreciaba aquel vegetal porque Maritza se lo obsequió para su cumpleaños. Hacia el lado izquierdo había un corredor no muy ancho que conducía a los dos dormitorios que tenía la vivienda.

En el fondo del apartamento se encontraba el retrete y una antigua tina con una ducha. Yendo hacia la derecha estaban la sala y el comedor, los cuales eran iluminados por la luz que dejaba entrar una amplia ventana desde donde podían verse la calle y los edificios situados enfrente del condominio. La sala tenía un cheslón rojo y un pequeño sofá del mismo color. En la pared del pequeño salón se veían dos repisas de cedro; sobre la más alta de ellas una antigua punta de alabarda, una cabeza de lanza romana y una llave de hierro del siglo II d.C. En la repisa inferior había un caballito celta sin patas, recostado junto a un herrumbroso tridente de origen griego de la Edad de Hierro; junto al tridente heleno, una base ovalada de bronce con dos estatuillas, Ulises de pie y Argos echado frente a él. Debajo de las repisas había una radiola Philips de 1960. Sobre este aparato eléctrico, varios discos de artistas y orquestas del gusto de Nohelia. En medio del rojo cheslón y el sofá, una mesita de madera y vidrio, encima de la cual Nohelia tenía una bella réplica de una negra lecánide griega, adornada con motivos dionisíacos. En su interior la joven guardaba hilos, agujas y un dedal para reparar prendas de vestir.

Desde el retrovisor interno del BMW Nohelia coqueteaba nuevamente con Leonel de igual manera como lo hizo la primera vez, cuando lo conoció fuera del aeropuerto en París. No perdía la esperanza de que él un día se enamorara de ella y se diera cuenta de lo grande de su amor. El joven filósofo pasó una larga temporada viviendo con ella en el apartamento de la Rue Charron 66, muy cerca del Arco del Triunfo. Leonel nunca tuvo intenciones de ganarse el corazón de su compatriota, quien también estudiaba en la Sorbona.

En pocos días, el visitante se adaptó a la vida de París y a vivir con Nohelia. Ambos eran muy organizados y disciplinados en sus actividades diarias y mantenían limpio y ordenando el lugar donde habitaban. El joven licenciado siempre andaba pulcro, rasurado, impecable, con olor a fresca colonia. El cabello lo usaba muy corto, pegado al cuero cabelludo. Por las noches ayudaba a Nohelia a preparar la comida de la semana, de esa manera no pasaban penas por las mañanas ni en sus visitas a la universidad. Su compañera era como una hermana para él, aunque ella lo miraba como su futuro esposo ocultando, hasta cierto punto, sus sentimientos más profundos.

—¿Cómo te sentís Leonel? ¿Cómo va todo en la Sorbona?, le preguntó una de esas noches mientras guisaban en el pequeño departamento.

—Muy bien y feliz, todavía no he visto al gran maestro Sartre, pero Jacobito me ha dicho que un grupo de estudiantes asistirá a unas charlas que dará el maestro acerca de *El ser y la nada*, una de sus grandes obras filosóficas, por ningún motivo me perdería esta experiencia mi amiga, agregó Leonel muy emocionado.

—¿Será pagada esta actividad?

—Sí, pero nada del otro mundo Nohelia, si deseas puedes venir conmigo, agregó muy sonriente.

—¡No! ¡No!, te agradezco la invitación, pero ya tengo suficiente con la literatura, no deseo complicarme la vida con temas filosóficos, ja, ja, ja, ja, dijo muy feliz Nohelia.

—Yo esperaba recibir pronto algún curso de filosofía con el maestro Sartre, pero me han dicho que el gran filósofo está padeciendo de las rodillas y que le cuesta

caminar, que los años ya le han pasado la cuenta. Otra cosa que deseo contarte es que existe otro filosofo, todavía vivo, que me gustaría mucho conocer amiga, su nombre es Alexandre Kojève, quien nació en Rusia, pero ha vivido en Francia algún tiempo y también en Alemania. No tengo idea de su lugar actual de residencia Nohelia, dijo Leonel un tanto ansioso.

—¿Qué pasó con él?

—Este pensador es un experto conocedor de Hegel. Se sabe que, de 1933 a 1939, impartió conferencias y seminarios de este filósofo alemán en la Ecole de Hautes Etudes en París, especialmente de su obra *Fenomenología del Espíritu*. Kojève es un profundo Hegeliano, sobre todo ha escrito mucho respecto de la *Dialéctica del amo y el esclavo*. Para el fantástico Hegel, la Historia Universal es el punto de partida de su teología. Para él, sujeto, sustancia o materia son lo mismo, el sujeto es el hombre y la sustancia la historia, ambos se hacen al mismo tiempo, se funden en la dialéctica histórica. Los hombres hacen la historia y la historia hace a los hombres. La Historia Universal (asegura Hegel) se forma de irrupciones históricas, de una afirmación, de una negación y de la negación de la negación. Luego habrá una síntesis y superación de las etapas anteriores, hasta llegar a una conclusión, que volverá a producir el círculo de negaciones que iniciarán a formar nuevamente la historia. Hegel concibe a la historia como un conflicto, lo verdadero. El Hombre para este filósofo alemán es el sujeto absoluto.

El mismo Sartre fue influenciado por Kojève no porque haya asistido a sus seminarios, sino por los apuntes que otro pensador tomó de ellos y que luego compartió con el autor del *Ser y la nada*.

Raymond Queneau fue quien resumió todo lo que escuchó de boca de Kojève acerca del gran Hegel. ¿Te imaginás amiga? ¡Esa constelación de astros filósofos sentados, escuchando al gran Kojève!: Raymond Aron, el Padre Fessard, Robert Marjolin, Georges Bataille, Eric Weil, Emili Brehier y algunas veces el mismo André Bretón, el fundador del Surrealismo, seguramente fue algo increíble todo esto. Esos seminarios del filósofo ruso se volvieron legendarios, a sus conferencias asistieron muchos de los grandes estructuralistas franceses, incluso Jackes Lacan quien fue uno de sus discípulos asistentes.

Kojève se ocupaba de Hegel como lo haría un astrónomo con una galaxia que estudia y se adueña de su tiempo. Era un maestro al que gustaba el humo de los infames cigarrillos mientras profundizaba con sus legendarios discípulos. Cuentan que Kojève hablaba un francés muy especial con un acento extraño, pero hermoso que cautivaba a sus oyentes. Se sabe que luego de impartir sus cátedras de Hegel, Lacán, Queneau, Bataille y otros de sus alumnos, invitaban al profesor hegeliano a degustar comida griega en un restaurante ubicado en un viejo barrio de París, conocido como La Nouvelle Athénes. ¿Sabés? Kojève siempre será recordado por un término que acuño en su tesis *El fin de la historia*.

—*¿El fin de la Historia?* ¿Se refiere al fin del planeta o algo así?, preguntó Nohelia un tanto inquieta.

—No, ja, ja, ja, ja, ja, ja, no, en esta tesis Kojève se refiere a *El fin de la Historia,* como efectividad en movimiento no como concepto, es decir, para este filósofo ruso todo el proceso histórico está jugado, está hecho; para él todo quedó resuelto con la Revolución Francesa, con Napoleón Bonaparte montado a caballo, con La Revolución Industrial. *El Fin de la Historia* es

el camino hacia un estado universal en el cual deberán ser primordiales los principios de la democracia liberal; un nuevo orden mundial será establecido por imperios regionales y la burguesía industrial. De ahí surgió otra idea de su pensamiento que apunta: *lo que posibilite la apertura de la humanidad y de su historia, será lo mismo que provoque su final.*

Bueno, te estoy dando algunas ideas de sus ideas, hay "mucha tela que cortar" respecto de este coloso del pensamiento filosófico amiga. Te aclaro que esta frase de *El fin de la historia* no es patrimonio de Kojève, Hegel pensó y afirmó lo mismo de su propia filosofía, es decir, para este filósofo alemán *El fin de la historia* es el fin de su propia historia; el mismo Hegel aseguró: *La historia en mí se sabe a sí misma*, expresó Leonel muy emocionado.

—*Uffff*, es un poco complicado todo esto, tendría que haber leído la *Fenomenología del Espíritu*, para entender un poco más acerca de esta temática Leonel, pero tarde o temprano conocerás a más pensadores, recordá que estás en Europa, donde abundan, ja, ja, ja, ja, ja, rio Nohelia muy contenta.

—¿Sabías que Sartre desarrolló una interpretación del amor en *El ser y la nada,* teniendo en cuenta algunas analogías de la Dialéctica del amo y el esclavo de Hegel?

—No, para nada sabía de esto, pero contame me interesa mucho, respondió Nohelia atenta por el concepto del amor.

—Dice Sartre, en una parte de esta obra, que teniendo en cuenta una relación objeto sujeto, entre dos conciencias libres que se aman, la más débil es la que ama más. La débil es la que se somete a la conciencia

fuerte debido a su sensibilidad. La conciencia que ama menos es la que domina la situación, es la que someterá a la otra conciencia que toma el papel de esclavo. La que domina representa al amo en esa dialéctica hegeliana. Nietzsche decía: *"Siempre hay algo de locura en el amor. Pero siempre hay algo de razón en la locura"*, ja, ja, ja, ja, ja, es un tema complejo Nohelia. Espero que en este viaje pueda realizar todos mis deseos, estando en Guatemala siempre me pregunté ¿Cómo era Europa, el Viejo Mundo? Muchas veces me respondí, viejo quizá pero lleno de pensadores notables: Foucault, Lacan, Sartre, Kojève. Hubo otro filósofo que también deseé conocer, pero se adelantó en el viaje a la eternidad, dijo Leonel.

—¿Quién era?, respondió Nohelia con la mente enganchada en el tema del amor que la dejó pensando que a pesar de lo que sentía por Leonel, no deseaba ser la esclava de la mencionada dialéctica.

—Merleau Ponty, también discípulo de Kojève, filósofo francés, autor de un libro interesante *Fenomenología de la Percepción*, lo leí en la biblioteca de mi padre en Guatemala. Lástima, Ponty murió en el 61, todavía estudiaba yo magisterio en el colegio, había leído su libro con la guía de mi papá siendo yo muy joven, aseguró Leonel con un dejo de nostalgia por su familia. Espero conocer a los que todavía estén vivos amiga, no quisiera irme de París sin cumplir mis deseos.

—Creo, mi amigo, que deberás tener paciencia, le dijo su compañera de apartamento.

—Sí, tenés razón, un día de estos los veré y los escucharé.

—¿Creés en Dios Leonel?, le dijo en tono serio Nohelia.

—No, no creo, contestó tajantemente el joven, poniendo cara de indiferente ante tal cuestionamiento.

—¿Y vos, creés en Dios?

—Sí, sí creo, a pesar de toda la tendencia moderna respecto de la evolución y otros aspectos científicos, sigo creyendo en él, sigo pensando que existe una fuerza, una inteligencia superior, quien diseñó todo esto, todo cuanto veo, escucho y siento, agregó Nohelia muy convencida de su fe.

—Si existe Dios, su indiferencia y silencio con nosotros es agobiante, amiga mía.

—¿Por qué decís eso Leonel?, preguntó Nohelia muy atenta a su respuesta.

—Te responderé con dos frases filosóficas, la primera pertenece a Hans Jonas, filósofo alemán, discípulo de Heidegger, quien escribió: *Pensar en una divinidad totalmente buena después de Auschwitz es algo incomprensible.* Karl Löwith, también alumno del mismo filósofo de *Ser y Tiempo*, dijo: *Después de Auschwitz es inconcebible pensar en un Dios que no tenga dentro de sí el mal.* Yo te digo amiga, que si Dios existe debe estar muy ocupado haciendo nuevos mundos y galaxias muy lejos de nosotros. Mi madre es una ferviente católica, va a misa regularmente, comulga y todo. Mi padre, aunque asiste con ella a la iglesia, es un libre pensador, quizá de él aprendí a pensar como pienso, es decir, libérrimamente, como yo creo sentir, afirmó Leonel esa noche.

—Entiendo.

—En este país podés pensar libremente, es más, te permiten expresar tus ideas, tus deseos. En Guatemala

no podés hacer lo mismo, las cosas se han vuelto críticas y delicadas; "La Mano Blanca", los "Escuadrones de la muerte", están pendientes de todo lo que el pueblo piensa y manifiesta, pero, sobre todo, de lo que los estudiantes leen. Sería sentenciarse a muerte portar algún libro de Marx o Lenin. Son millares de muertos los que yacen en el Motagua y en fosas comunes mi amiga, aseguró el joven filósofo en esa oportunidad.

—Es increíble lo que decís, aquí y allá, yo he vivido en una burbuja mi amigo, casi no me entero de todo lo que acontece en nuestro país; además, así me criaron mis padres, poniéndome un vendaje en los ojos. Creo que me ha servido mucho charlar con vos, hasta que viniste había visto la literatura como una actividad lúdica, estética y ahora me doy cuenta de que también las obras literarias denuncian, hablan del momento histórico que afrontaron los autores de éstas, como mencionaste una noche de estas, que Hegel decía, *La obra literaria es parida por la historia, el autor y su obra no pueden desligarse del proceso social en el que les tocó vivir.*

—Yo también he vivido en esa burbuja como vos Nohelia, por eso cuando regrese a Guatemala deseo hacer algo por ella. De todas maneras, creo que tus padres están tranquilos de que estés aquí, donde se respetan más los derechos de las personas y las ideas de izquierda, de derecha, de centro; de todas formas, desde que vine y asistí por primera vez a la Sorbona, he sentido un ambiente tenso con los estudiantes, es más ha habido algunas manifestaciones convulsas. ¿Vos has escuchado el término *Pathos sustancial o de la indignación?*, cuestionó Leonel.

—No, en verdad suena como algo relacionado con una enfermedad, creo, agregó Nohelia riéndose de su misma ocurrencia.

—Bueno, supongamos que existe algo muy importante que observamos en nuestro país, en nuestra patria, por ejemplo, que hay una evidente represión a los estudiantes, a los campesinos o a todo el pueblo. Pero tampoco ese pueblo, refiriéndome a Guatemala, se atreve a decirle nada al Ejército, ¿Verdad? Es decir, a cuestionarlo o confrontarlo, entonces el Pathos de la denuncia, de la indignación se produce por esa molestia que sentimos de nuestra propia sociedad, pero, mientras en la sociedad que tiene el problema no se manifieste un grupo opositor que devele su repudio ante una situación de ignominia, no existe el *Pathos sustancial.* Este término está relacionado profundamente con un ánimo o sentimiento colectivo, pleno de emoción que indigna a determinado grupo a manifestar su rechazo ante la corrupción o criminalidad del Gobierno o de las instituciones que lo componen; también puede manifestarse tal fenómeno social dentro de la lucha obrera, proletariado o burguesía. *El Pathos sustancial* es un intento emancipativo de un grupo social ante la tiranía o el rechazo a determinada iniquidad.

—Entiendo mi amigo, tiene mucho sentido, agregó Nohelia, sin quitarle la mirada de los ojos a Leonel.

—Te aclaro que estos pensamientos no son míos, estas ideas fueron manifestadas por Karl Marx, en el prólogo que este gran pensador le dedicó a una obra de Guillermo Federico Hegel, titulada *Introducción para la Crítica de la Filosofía del Derecho.* Esa obra fue prologada por Marx y en esa introducción que él hizo, este genio de la economía es quien plantea este concepto del *Pathos sustancial.* En el prólogo de esa obra de Hegel, Marx se refiere mucho a la Iglesia Católica como tema de análisis.

—Comprendo mi amigo.

—Pienso que, aquí en París, está a punto de estallar algo grande Nohelia, se siente un ambiente muy tenso, es precisamente la manifestación de ese *Pathos sustancial* del que habló Marx en la obra de Hegel, el que se está develando en este momento en el seno de París, dijo Leonel moviendo la cabeza de forma vertical, como ratificando sus ideas.

—A ver a ver ¿A qué te referís mi amigo? Creo que no es para tanto, es cierto que ha habido algunas manifestaciones, pero no creo que pase a más.

—Lo que he visto hoy va más allá de lo que han visto mis ojos en toda mi vida, recordá que vengo de un país sumiso, lleno de temor, de miedo a la muerte, dijo Leonel con firmeza.

—Sí, en eso tenés razón, no lo había meditado.

—Según me dijo Jacobito, todo esto se agravó el 8 de enero, es decir, la visita de un funcionario a Nanterre fue el chispazo de todo.

—¿Por qué Leonel?

—Jacobito me contó, ese día, que el Ministro de Educación, un tal Francois Missoffe, llegó a inaugurar una piscina a Nanterre. En este acto, muchos estudiantes aprovecharon para criticarlo por una obra que recientemente había publicado este escritor a la juventud. El punto fue que un estudiante de nombre Daniel Cohn Bendit, se enfrentó a este funcionario haciéndole ver, entre otras cosas, que su libro estaba fuera de la realidad de los jóvenes de esa época y que no abarcaba temas como la sexualidad y otros tópicos importantes acerca del modelo educacional que ellos tenían, obsoleto, napoleónico. Según me dijo Jacobito, muchos estudiantes protestaron también porque dijeron que la piscina había sido construida en un horrible lugar, rodeado de bidonvilles y chabolas.

—Sí, bidonvilles aquí en París son barrios de chabolas o covachas, como los hay en abundancia en nuestro país, aclaró Nohelia.

—Creo observar que los jóvenes de esta ciudad están hartos de muchos aspectos disímiles, que chocan con su generación y la forma en que ellos ven la vida; los valores y costumbres, las ideologías y preceptos de las generaciones que los antecedieron están causando un conflicto. Aunque no sé mucho respecto de esta sociedad a la cual veo bien vestida, bien comida y estudiada, ya querríamos tener un superávit así en Guatemala, un país con un índice alto en analfabetismo y desnutrición en la población. Un país permanentemente sumido en pobreza extrema.

—Sí, es por el sistema que se está viviendo, un tanto intolerante para muchos e inicuo con los trabajadores en general, aseguró Nohelia.

—¿Alguna vez escuchaste hablar de un ideólogo argentino? ¿De Mariano Moreno?

—No, nunca, ¿Quién era él?

—Mariano Moreno fue un doctor en jurisprudencia y periodista rioplatense, es la figura estelar de la Revolución de mayo en Argentina de 1810. Era poseedor de una mente brillante, tradujo el *Contrato Social* de Jean Jacques Rousseau al español, por lo tanto, fue un iluminista cegado por la razón. El punto es que este hombre destacó por sus ideas contractualistas, muy relacionadas con las de Thomas Hobbes, John Locke, Robespierre y otros filósofos iluministas. Todas las ideas de estos pensadores, igual que las de Mariano

Moreno, están basadas en la limitación de la libertad humana o social, a cambio de un andamiaje de leyes que le garanticen al ser humano la estabilidad social y la seguridad en el grupo. El hombre no puede vivir de forma anárquica, por eso necesita del Estado para regular su propia existencia y conducta. Este ideólogo argentino pensaba que la Vanguardia que administraba al Estado, tenía derecho, mucho derecho sobre el país que gobernaba y sobre el mismo pueblo gobernado, de hecho, Moreno acuñó un aforismo que todavía suena en el ambiente político del mundo: *Los pueblos nunca saben mucho, sino lo que se les enseña y muestra, ni oyen más de lo que se les dice.* Dicho de otra manera, mi amiga, es el poder el que tiene la verdad y la razón.

—No cabe duda de que también amás la sociología Leonel, así como la política, dijo sonriendo Nohelia.

—La sociología sí, la política no, porque es el arte de gobernar y en nuestro país la política está ausente, es decir, ahí gobiernan los ricos, el ejército y el Pentágono mi amiga, je, je, je, je, es mejor estar lejos de todos ellos, ¿No creés?, cuestionó Leonel, quien, sin desear herirla, dejó pensando a la joven acerca de si ella formaba parte de esa trilogía que gobernaba Guatemala.

—No sé, después de todo lo que me has dicho, creo que en breve tendremos que asumir nuestro rol protagónico en el destino de nuestros pueblos, pero ya veremos, dijo Nohelia un tanto pensativa.

—El problema es que estaremos muy poco en este planeta. Desde niño escuché a mi padre repetir muchas veces que lo único que tenemos seguro es la muerte. Según Martín Heidegger, *"Es la muerte la posibilidad de todas las posibilidades"*. También lo escuché decir que, según este mismo filósofo alemán, la muerte es: *"Intransferible, indivisible e impostergable"* nadie puede

morir por otra persona, nadie. Algunas veces nos hacen ver en las películas que un soldado muere por otro, pero eso es mentira, nadie puede morir por vos, nadie, tendremos que vivir y confrontar nuestro propio final Nohelia, uno solo muere por uno mismo. Escuchá amiga, en mucho coincido con el pensamiento de Albert Camus, aquel que expuso en su recordado ensayo *El mito de Sísifo:* "*No hay sino un problema filosófico realmente serio: el suicidio*".

—¿No creés que es un poco extrema esta forma de pensar Leonel?

—Bueno, él expone en ese ensayo la idea del "hombre absurdo", poniendo como ejemplo el mito griego de Sísifo, quien fue condenado eternamente por los Dioses a empujar una roca cuesta arriba en una empinada montaña. Cuando llega a la cima de esta colina, la roca cae por gravedad y entonces, Sísifo inicia nuevamente el ciclo de subir la redonda piedra para repetir el eterno círculo de condena, agregó Leonel guiñando la boca.

—En verdad no entiendo, cuál es el sentido de esto mi amigo, es decir, ¿En dónde está la acepción de esta obra existencial de Camus?

—Bueno, quizá resumiendo su pensamiento, no era tan existencial como pensaban muchos, él mismo reflexiona en esa obra, que mientras la piedra cae al vacío montaña abajo, Sísifo tiene unos minutos para sentirse libre; en esos instantes de libertad, puede sentir el aire fresco que le llega del mundo, y, aunque no puede verlo porque es ciego, puede intuir el paisaje infinito y disfrutar por instantes la vida. La roca simboliza la carga de nuestra existencia; el trabajo de subirla es el absurdo de la lucha de nuestras patéticas vidas, pero según Camus, aceptar lo absurdo de nuestra

vida, es lo único que le da sentido a nuestra existencia, porque igual que Sísifo, aprendés a valorar esos efímeros momentos, cuando podés tener un poco de paz y sentir que podés ser feliz.

Eran las seis con treinta minutos de la mañana, Nohelia sentía la potencia del auto deportivo sensible al peso de su pie derecho. Habían tomado la carretera al Pacífico, estaban en jurisdicción de Palín. El cielo se había nublado pronto debido a la presencia de la estación lluviosa; sin embargo, se podía sentir el aire caliente, de la cercana costa, que entraba fuertemente por las ventanas abiertas del automóvil. La cabellera de las chicas se agitaba con los invisibles remolinos de viento que se hacían dentro del vehículo. Maritza fumaba con placer un cigarrillo mientras bailaba *Amor en el aire*, una canción que sonaba en la radio, interpretada por Rocío Dúrcal y Palito Ortega y que, por momentos, perdía la señal radial debido a los altos paredones de piedra de los cerros a un lado de la angosta carretera.

—En solo dos años de ausencia encontré a Guatemala peor de como la dejé cuando estuve en París, aseguró Leonel casi gritando por el ruido que emitía el motor y el aire que entraba por las ventanas del deportivo.

—Sí, ahora tenemos un gobierno completamente militar Leonel, creo que el mandato de Julio César Méndez fue algo así como un teatro político, dado que los grupos de poder siguieron asesinando estudiantes y personas, agregó Nohelia mientras aceleraba el potente motor alemán. Maritza iba distraída con la nicotina y con la música.

—Pero no cualquier militar mis amigas, al parecer, este hombre es un astuto negociador de los intereses de la institución armada. Me comentó Alejandro, mi amigo de la infancia y vecino de la colonia, que Arana desde el principio de su mandato se reunió con los empresarios poderosos del país y con la cúpula del ejército y les anunció a los ricos que, de su gobierno para adelante, el Ejército de Guatemala ya no sería un cholero de sus intereses, que a partir de esa sesión serían socios de ellos en todo lo que se hiciera en el poder y también de todo lo que transitara en aire, mar y tierra. Que él reivindicaría los intereses del Ejército y que tenía proyectos serios para proteger a los servidores de esa institución, entre otras cosas, fundar un banco para la institución armada, regular pensiones dignas, construir un mega hospital decoroso del oficio de la institución castrense y que, parte de Petén, sería repartido entre los militares de alto rango, esto, aprovechando la coyuntura del FYDEP, una institución establecida durante la gobernanza de Miguel Ydígoras Fuentes, cuyo objetivo era poblar a toda costa el departamento de Petén, pero la mejor tajada de la tierra sería para los generales y coroneles. Me dijo también, que en esa reunión les advirtió a todos que tenían orden del Pentágono de aniquilar cualquier brote insurgente en el país, espetó Leonel con el sol de la mañana que por un instante iluminó su rostro.

—Me ha dicho mi padre que ni se me ocurra portar algún libro que tenga información socialista, ni comunista, ni que hable de marxismo o de cualquier ideología de izquierda, porque podría pagar con mi vida tal error, agregó Nohelia mirando a Leonel por el retrovisor interior, mientras Maritza seguía bailando sentada en la butaca del carro al ritmo de la música.

Maritza, igual que Nohelia, pertenecía a una familia de las más ricas de Guatemala. Vivía también en

París, partió en el 66, junto con Nohelia quien era su prima hermana. Vivía cómodamente en un apartamento que había adquirido su padre en un sector antiguo de aquella ciudad, en Bercy, en una zona que antiguamente acogía los trenes que llegaban cargados con vinos, hasta la ciudad, procedentes del sur de Francia, cuya denominación era Saint Émilion, vinos de Burdeos.

De igual manera que Nohelia, Maritza vivía de las acciones que poseía en las empresas de su familia, de los dividendos familiares. No estudiaba, ni trabajaba más bien pasaba la vida de forma relajada; tampoco estaba muy consciente de la situación del mundo, de la Revolución cubana que tomó el poder el primero de enero de 1959, del anhelo del Che Guevara de formar al *Nuevo Hombre Latinoamericano*, de la Guerra de Vietnam, ni del brote de las guerrillas en Latinoamérica. Maritza vivía el momento y disfrutaba de la vida. Pasaba casi siempre las fiestas navideñas en Múnich, capital de Baviera, Alemania, muy cerca de Marienplatz, donde vivía su hermana mayor.

Su lugar favorito era el museo de Pérgamo en Berlín. Pasaba horas contemplando la Puerta de Istar, en esta galería llena de reliquias del pasado en donde se encontraba una de las ocho entradas monumentales de la legendaria Babilonia. Amaba esta puerta porque un día que estuvo de paseo en Praga, en La Plaza de la Ciudad Vieja, un adivino le dijo que ella en una de sus vidas pasadas había sido la bella Amytis. Desde entonces adoraba todo lo babilónico, pero también sabía muchas cosas acerca de los Medos, Aqueménidas, Los Seléucidas, Los Partos y Los Sasánidas, quienes según el adivino estaban emparentados con ella. La Puerta de Ishtar fue construida en el año 575 a.C. por Nabucodonosor II.

Su casa de la Cañada en Guatemala fue diseñada por un famoso arquitecto, quien a petición de Maritza la construyó en forma de Zigurat con ladrillos de barro cocidos y sisados. Un hermoso jardín con granados, higueras y dunazneros rodeaba la suntuosa vivienda que habitaba cada vez que regresaba a Guatemala de vacaciones. En la fachada de la bella residencia Maritza mandó a colocar una plaqueta de hierro con una frase que decía *Villa Etemenanki*. En su apartamento de Bercy, situado en el dernier étage del edificio, tenía la voluntariosa jovencita, una hermosa ventana que formaba parte de un amplio techo que culminaba en una bella mansarda que daba a la calle. Todo en aquel espacio era cálido, íntimo y acogedor, construido con madera de roble y cedro, donde Maritza tenía una especie de buhardilla de sueños y quimeras. Todo en ese lugar estaba decorado con souvenirs de sus viajes a muchos países de Europa y Asia. Cuando quería estar sola con su propio mundo, subía a este lugar, abría la ventana que daba a la calle y fumaba toda la marihuana posible para evitar el mundo que la oprimía.

En París, la joven conducía un Facel Vega HK 500, muy parecido al del filósofo y ensayista francés Albert Camus, quién aseguró, luego de la muerte del famoso deportista Fausto Coppi, que *"morir en un accidente automovilístico era morir de una forma absurda"*. Quién diría que el 4 de enero de 1960, él también moriría de esa manera tan demencial, cuando volcó su flamante automóvil francés.

Nohelia también vivía de las acciones que tenía en una sociedad industrial de una empresa familiar de Cementos, por eso siempre estaba relajada sin penas económicas. Aunque a su llegada a París le había mencionado a Leonel lo importante que sería para ella la ayuda de la renta, su padre poseía varias propiedades en Francia, incluyendo el apartamento donde ella vivía.

Cuando llegó a París, Maritza llevaba una vida muy sana, hacía mucho ejercicio y era vegetariana, pero, en una pequeña fiesta de jóvenes, conoció a Ric, un etíope afrodescendiente que practicaba algunas creencias rastafaris y fue con él con quien aprendió a fumar marihuana. Ric leía todos los días el libro de *Kebra Nagast*, era muy tranquilo y pacífico; también amaba y respetaba la historia de su amada Etiopía. Era fiel seguidor de la divinidad de Haile Selassie. El etíope aseguraba que su árbol genealógico se remontaba al linaje del mismo Menelik I, hijo del Rey Salomón y la Reina de Saba. Aunque luego de un tiempo él decidió residir permanentemente en Jamaica, lugar donde encontró un rico sincretismo para fusionar sus creencias religiosas. Su forma de vivir influyó mucho en la vida de Maritza, inclusive en sus peinados, porque eventualmente acudía a un salón de belleza de París donde una joven le hacía rastas en el cabello.

Después de un tiempo de estar en París, Maritza fue involucrándose con algunos jóvenes que pertenecían a movimientos subculturales; algunos eran llamados Los Underground, otros Los Beatniks; incluso tenía también amigos Hippies. Lo negativo no era su amistad con estos jóvenes, sino los hábitos que estos muchachos tenían; con ellos fumaba marihuana y consumía otras drogas que la mantenían sedada, relajada todo el tiempo, alejada del mundo real.

La hermosa joven disfrutaba drogarse con narcóticos que conseguía con amigos de su edad, casi nunca bebía, el alcohol no era lo suyo, exceptuando la absenta, bebida con la cual ocasionalmente se emborrachaba. Era muy diferente de su prima Nohelia, quien se tomaba la vida en serio y estaba por graduarse de Doctora en literatura grecolatina en la Sorbona, además valoraba la vida, y principalmente el trabajo de sus padres quienes le procuraban todo lo que necesitaba en Europa.

Muchos de estos jóvenes criticaban duramente a sus progenitores y su obstinada organización; vivían para pronunciar diatribas contra su disciplina filial y forma de vida, pero lo irónico era que sus severas críticas no impedían que mes a mes recibieran la ayuda que sus padres les daban para mantener sus opulentas vidas en París.

Dentro de estos grupos de jóvenes, también había otros que eran muy sanos y no consumían drogas; algunos eran vegetarianos y luchaban por un planeta mejor, sin contaminación, sin tanto consumismo, sin la sombra del capitalismo cósico que niega la muerte y hace ver un mundo sin fundamento místico ni espiritual. Fueron muchos de estos jóvenes, apegados a la realidad de la vida, quienes iniciaron los primeros pasos de la huelga del 68. Algunos de estos muchachos eran seguidores de Sartre, quien aseguraba, en sus charlas, que *cada hombre debe hacerse responsable de su existencia y de sus actos.*

Contemplando lo verde del paisaje tropical, Nohelia disfrutaba de ese viaje. Intentaba extraer del paseo toda la felicidad posible para estar con Leonel. Deseaba mucho recostarse junto a él muy cerca del mar sobre la fresca arena negra del Pacífico. La estrecha franja de la carretera se perdía en el horizonte como la punta de una lanza en un cuadro de distintos tonos de verdes, con fincas que iban dejando atrás en cada lado del camino; algunas con mucho ganado, otras llenas de caña de azúcar o cultivos de plátano y banano.

Por un instante Nohelia recordó una tarde cuando su amado licenciado le habló acerca de la filosofía de Heidegger, estando en la profunda y completa paz del Square Jean XXIII, un pequeño y agradable parque situado en la Île de la Cité, atrás de Notre Dame, en donde algunas veces iban a reflexionar respecto de la

vida. Leonel había despertado en su amiga el gusto por la filosofía, a tal punto, que cuando él se fue de París, ella inició algunos cursos de esta disciplina, a la cual ya no miraba tan distinta a la literatura. Esa paz y tranquilidad de los parques de París, era ideal para las charlas con su amigo, "París es una ciudad para hablar de filosofía", le decía Leonel cuando recorrían los gratos rincones y puentes de la bella metrópoli.

Antes de la llegada de Leonel al apartamento y a su vida, Nohelia no salía más que a la Sorbona y al mercado en donde compraba víveres para subsistir, fue con el filósofo con quien conoció cada recoveco de París, fue con él con quien encontró el gusto por hacer largas caminatas y paseos a la orilla del Sena. Juntos descubrieron rinconcitos primorosos escondidos en la bella ciudad y rúas muy antiguas donde casi nadie transitaba.

Con él recorrió cada calle, parque y bulevar de la mágica ciudad. Hubo instantes en estos extensos paseos en los que él estuvo a punto de besarla, a punto de tomarla en sus brazos y no separarse nunca de ella, por un instante anheló hacerla feliz y dedicarle el resto de su vida, pero no deseaba atarse al amor porque, según él, también esclavizaba al hombre. Era demasiado correcto como para ilusionarla y luego dejarla abandonada, no podía hacerle algo así a una mujer tan hermosa y con tan bellos sentimientos como Nohelia.

—¿Te cuento algo mi amiga? Leo y releo constantemente una obra de Martín Heidegger que me fascina, *Ser y tiempo*, de 1927, le dijo Leonel dentro del vehículo que iba volando por el aire caliente de la costa.

—Sí, desde que estuviste en París, me di cuenta de que te producía una especie de fascinación, pero decime ¿Por qué te gusta tanto?

—En este libro el sabio alemán, nacido en Messkirch, expone al mundo dos tipos de existencia del ser, del *Dasein*, es decir, del ser ahí, del ser arrojado a este planeta ya hecho, ya instituido aquí, en este mundo. Este ser tiene dos tipos de existencia, *una auténtica y otra inauténtica.*

—¿En qué consiste la inauténtica?

—Es aquel ser humano que vive pensando y que cree que nunca va a morir; es esa persona que rinde culto todos los días al mundo cósico, al sexo desenfrenado, al alcohol, a las drogas, al universo material, al que se afana desmedidamente por las riquezas de toda índole. La existencia inauténtica también se basa en la errancia, es decir, no permanecer en nada, no estar en nada, saltar la vida y bailarla en lugar de enfrentarla, errancia es temor de profundizar en nuestra propia existencia. El que vive este tipo de existencia ve la muerte como algo muy lejano y distante en el tiempo; es el ser humano que piensa *"he de morir algún día, pero aún no, para eso falta mucho, mucho tiempo, además, si enfermo habrá medicina y hospitales para mi curación. Mi vejez está muy lejos. Quizá cuando llegue a la tercera edad ya se haya inventado el elixir de la eterna juventud"*, así piensan los seres que viven una existencia inauténtica.

—¿Y la auténtica?, preguntó Nohelia fascinada de la charla con Leonel, con quien tenía tres meses de no hablar, desde que él regresó a Guatemala.

—Es el ser consciente de su muerte, quien sin ser pesimista vive su vida a plenitud con conciencia de muerte, sabiendo que tiene muchas posibilidades de realizar sus más grandes anhelos, pero sabe que la posibilidad de todas las posibilidades es la muerte. Por eso aprovecha cada segundo, cada instante intentando realizarse, ser feliz en un mundo en el cual estará muy

poco, aseguró Leonel, colocando los músculos de su rostro en actitud de ironía.

—No cabe duda de que por algo estos pensadores pasaron a la historia con sus ideas filosóficas, son geniales Leonel, yo intento todos los días vivir de forma auténtica, ja, ja, ja, ja, ja, creéme amigo.

—Sí, de igual manera vivo yo Nohelia, extrayendo del día a día lo mejor de mi existencia, pero sabiendo que mi vida no me pertenece. Estando en París, en tu apartamento, nunca me detuve a pensar en Martín Heidegger, dijo Leonel un tanto insatisfecho.

—Creo que lo mencionaste algunas veces en nuestros paseos ¿pero a qué viene eso?

—Lo digo, en el sentido de pensar que él está vivo, y estaba relativamente cerca de donde yo viví con vos; no sé por qué razón nunca fui a verlo, a conocerlo. Pasé por alto esto, hubiera sido también fascinante escuchar una de sus charlas filosóficas. Me arrepiento mucho de no haberlo hecho, quizá en un futuro, pero no sé si estaré vivo yo o él estará demasiado viejo, bueno creo que es pasado, espetó el joven filósofo.

—Ya me habías ilusionado Leonel, ¡Todavía podrías conocerlo! Cuando regrese a París te averiguaré todo acerca de él ¿Dónde vive? Y, si todavía da cátedras en relación con el *Ser y Tiempo,* dijo emocionada la dama de las letras.

—Gracias amiga, en verdad no creo poder regresar en muchos años, dijo seguro el joven, provocando una terrible tristeza en Nohelia.

—Cuando llegué a París en el 66 se dio a conocer un libro de Michel Foucault titulado *Las Palabras y las*

cosas, todo París hablaba de esta obra, para decirte que tuvieron que hacer varios tirajes de ella porque cada edición se agotaba en cuanto salía a la venta, fue un verdadero éxito. Carmencita, mi amiga argentina y sobrina de don Miguel Ángel me contó que también en Argentina tuvo mucho éxito. Los estudiantes de la Sorbona decían en tono de broma, *El hombre ha muerto,* yo al principio no entendía que esta frase pertenecía a este libro, le dijo Nohelia muy relajada.

—En esos días de caos y revueltas pude notar que la presencia de Michel Foucault no era muy grata para muchos estudiantes que habían leído ese libro que mencionaste *Las Palabras y las cosas* y su famosa fórmula: *El hombre ha muerto,* apotegma que guarda una estrecha relación con el pensamiento de Nietzsche, cuando dijo *Dios ha muerto,* es decir, muchos la interpretaron así, si Dios ha muerto, entonces el hombre también ha muerto. El punto es que una gran cantidad de jóvenes cuando miraban a Foucault en las manifestaciones de la Sorbona le reprochaban con sorna, *"Si el hombre ha muerto",* ¿Quiénes son los que han encendido la huelga? También le decían de forma burlona, Maestro Foucault *"¡Las estructuras no salen a las calles a manifestar, salen los estudiantes!" "El hombre de la estructura social de su libro, no sale a luchar como nosotros a los bulevares y las calles por las injusticias de esta sociedad de mierda".*

También escuché a una jovencita que le gritó: *"Maestro Foucault ya no le ponga más parches a la estructura porque está podrida".* Todos gritaban consignas, algunas completamente absurdas como las que decían: *El Caos soy yo* o *La imaginación al poder.* En esos días que al maestro Michel Foucault no se le vio mucho en la huelga, porque estuvo cubriendo como investigador en Tunes, aún con eso, yo lo vi con mis propios ojos junto a Sartre, lo vi, te doy mi palabra. En una charla que dio

en la Sorbona luego que pasara la inolvidable Huelga de mayo, escuché del propio Foucault decir: *Propongo un desprendimiento definitivo del humanismo, pero aclaro, que no se trata de poner al hombre en el lugar de Dios, sino de un pensamiento anónimo, de un saber sin sujeto. El sujeto está a mi parecer dentro de la trama histórica, constituido por las relaciones de la estructura.*

De todas formas, estoy seguro de que el gran Foucault pasará a la historia como uno de los grandes pensadores franceses del siglo XX, debido a que él ha estudiado minuciosamente su propia sociedad, me refiero a hospitales, asilos, manicomios y esto le ha permitido manejar un concepto filosófico muy interesante, la biopolítica; él ha estudiado al hombre de forma individual pero también estudia el corpus social al que pertenece el ser humano. Según él, el poder del sistema no solo se encuentra en el Estado, sino en muchos puntos de la estructura social que controla el sistema. Recuerdo que Foucault, en una de sus clases en la Sorbona, nos dijo que estaba trabajando en una obra respecto de la temática biopolítica, la sexualidad y su historia en el mundo occidental, pero que iba lento y que algún día saldría a la luz, agregó Leonel emocionado de ver el interés que Nohelia tenía en los temas filosóficos.

—Decime más acerca de esto Leonel, cuestionó Nohelia interesada en las palabras de su amigo.

—La biopolítica, para Foucault, es una serie de implementaciones, de acciones políticas relacionadas con la vida de las personas, teniendo en cuenta cada cuerpo humano, pero también de la sociedad misma, es decir, incluye lo individual y lo colectivo. Este filósofo asegura que la biopolítica es la punta más aguda del capitalismo y su función será normalizar a una sociedad, en otras palabras, hacer que todos sus integrantes funcionen de forma ordenada para sus propios intereses sin dar problemas, sin revelarse, sin aspirar a nada. Todo esto se parece a las palabras que Nietzsche aseguró un día: *El Hombre de la modernidad es un ser centrado en sí mismo, sin anhelos y grandes ideales, sobre todo es un ser que evade el dolor y el sufrimiento a toda costa.*

—Es muy profundo hablar de estos temas, me emociona mucho, es como sacar agua de un pozo que tiene reservas infinitas mi amigo.

—Algo así Nohelia, lástima que en Guatemala estamos tan atrasados en todo, imaginate que en Francia causó sensación *Vigilar y castigar*, un ensayo filosófico profundo, no cualquier revista popular, esto quiere decir que mucha gente tiene hábito de buena lectura. Tristemente en nuestra patria no existe este hábito y para empeorar las cosas el gobierno censura los pocos libros que se leen en este momento, dijo Leonel un tanto frustrado por la situación política que encontró a su regreso.

—Tenés toda la razón, importamos pensadores y esos pensadores son motivo de censura, ja, ja, ja, ja, es paradójico Leonel.

—Claro, en Guatemala revisan todos los libros que llegan del extranjero y si detectan en ellos alguna tendencia de izquierda, los sacan de circulación con todo y sus lectores, aseguró Leonel.

—Ja, ja, ja, ja, ja, perdoná que me ría, pero me causó gracia la forma en la que lo dijiste amigo.

Todo el mundo filosófico Leonel lo bebió de su padre, quien poseía una enorme biblioteca con más de 10,000 libros, en su mayoría de filosofía. Todas las obras de Platón, de Aristóteles, de Homero, de los poetas romanos, de los historiadores griegos y latinos figuraban en su nutrida biblioteca, pero principalmente las obras de Heidegger, de Hegel, de Kant, de Renato Descartes y otros autores europeos. Desde que era un niño, Leonel se interesó por la enorme biblioteca de su progenitor, la cual estaba en un salón de 160 metros cuadrados, con grandes libreras de caoba y conacaste que sostenían muchos libros. Antes de los 12 años, el jovencito había leído buena parte de todas las obras de don Memito. Amaba estar encerrado en aquel lugar un tanto laberíntico, como el universo de Borges y el Minotauro, repleto de muros hechos de libros viejos. Cuando llegó a la adolescencia, prefería permanecer los fines de semana en la fresca biblioteca, que irse a los repasos o fiestecitas de sus compañeros de colegio. La mayoría de sus amigos tuvo novia a los 15 años, inclusive su único hermano Manolo, quien era solo un año menor. Sus padres no dejaban de inquietarse debido a la extraña actitud de su hijo, pero respetaban su proceder y voluntad. La madre del joven pensaba que su retoño tenía una especie de adoración sagrada por los libros, sobre todo, por el pensamiento de los grandes filósofos del mundo, aunque sus pensadores favoritos eran Hegel, Martín Heidegger y Sartre.

—Leonel, creo que un día me dijiste que fue tu padre quien despertó en vos al filósofo que llevás dentro, que fue él quien te formó libre pensador, pero decime algo ¿Tu padre es ateo, existencialista, cristiano? O ¿Cuál

es su pensamiento filosófico?, cuestionó Nohelia muy interesada en su posible suegro.

—*Uffff*, buena pregunta mi amiga, me llevó parte de mi niñez, mi pubertad y parte de mi juventud, darme cuenta de que mi padre elaboró una mixtura muy curiosa entre el Dasein de Heidegger y la nada de Lao-Tse, el fundador del Taoismo, le dijo sonriente Leonel a su amiga.

—Qué interesante mi amigo, seguí contándome acerca de esta mixtura tan particular, por favor.

—Ja, ja, ja, ja, cuando yo era un joven de 12 años, me dijo en una de nuestras charlas filosóficas, que le parecía muy profundo el Ser concebido desde el taoísmo, es decir, el Ser para el Tao es la esencia y el no ser la apariencia; ambas cosas, me dijo él, tienen un mismo origen. En otra oportunidad, siendo yo un poco más grande, me aseguró que el vacío o la nada es un espacio imposible de llenar o colmar, pero que ambas cosas, el ser y el no ser tienen un mismo origen. La nada es el complemento de lo que existe.

—¡Cómo así?, cuestionó su amiga.

—Imaginá un cántaro, si lo colmás de agua podrías romperlo, si afilás mucho una cuchilla la desgastarás por completo, si corrés demasiado este auto, nos iremos a la nada, ¿No creés mi amiga?, ja, ja, ja, ja, aseguró Leonel medio en broma y medio en serio.

—Ja, ja, ja, ja, confiá en mí, sé lo que hago, pero decime, concluyamos mi pregunta y tus respuestas.

—Bueno, el asunto es que, a diferencia de Heidegger, quien concebía la nada como lo que es, la nada, la no posibilidad, y el Dasein como posibilidad, proyecto,

existencia y eyección a este mundo. Para Lao Tse o el Tao, la nada o el vacío es lo que nos permite existir y habitar. Mirá a un alfarero afanado dándole forma a un aljibe o una vasija, el éxito de su producto dependerá de la oquedad que tenga el objeto que hace para retener líquido o comida o lo que sea; igualmente una casa, para que sea habitable debe tener suficiente espacio para que las personas se sientan holgadas y cómodas en su interior ¿No creés?, Entonces mi padre concebía esta mixtura entre la esencia del ser y su relación indubitable con el no ser, ambos forman parte de una misma cosa.

—Gracias Leonel, creo entender mucho de lo que piensa tu padre y los otros filósofos que mencionaste.

El estudiante disfrutó cada instante de sus días en París. Por las tardes caminaban mucho con Nohelia, recorrían los sitios más interesantes de la bella ciudad. Uno de sus lugares favoritos era la Basílica del Sacré Coeur, en Rue du Chavalier de la Barre, en el corazón de Montmartre, en donde pasaban horas sentados en algún punto del pendiente camino escalonado de la basílica, componiendo el mundo, hablando de literatura, de filosofía y de la situación que se estaba fraguando en la ciudad.

Durante estas largas caminatas, Nohelia le compartía a Leonel respecto de las obras literarias que estaba leyendo, algunas novelas de Flaubert, otras de Balzac, aunque ella prefería la poesía a la narrativa. A veces pasaban horas mirando la tranquila y fría corriente del Sena, cerca del Puente Bir-Hakeim en una plazoleta frente al monumento ecuestre llamado La France renaissante, en donde podían ver el infinito paisaje del Sena, la Torre Eiffel y la monumental París unidos en un eterno beso.

Sentados en una ancha barandilla Nohelia aprovechaba para leerle al joven filósofo algunos versos de la colección poética *Las Flores del mal*, de Baudelaire. Uno de sus poemas preferidos era *Tristezas de la luna*, aunque amaba todos los poemas de este creador. Siempre que paseaban a la orilla del río, Leonel le preguntaba a Nohelia acerca de unas líneas que Miguel Ángel Asturias había dedicado a esta mágica ciudad, y le cuestionaba.

—¿Qué fue lo que escribió Asturias en relación con este río y París?

Nohelia, quien había aprendido las frases, respondía sonriendo:

—*"París tiene un río viejo donde nadie se baña, muchas iglesias donde nadie reza y palacios donde nadie vive"*.

—¿Recordás el paseo que dábamos por el Puente de la Concordia?, le dijo suspirando la joven al filósofo.

—Claro que recuerdo, fue en aquel rincón de amplias bancas de madera cercano al puente cuyo nombre mencionaste, donde te gustaba recostarte en mis piernas mientras yo te leía alguna de las obras literarias que estabas estudiando en la Sorbona, ja, ja, ja, ja, de tanta lectura yo también me gradué con vos. Algo importante que aprendí con vos fue la diferencia entre el relato periodístico o noticia y el literario Nohelia, aseguró el joven riéndose de los gratos instantes en la Concordia.

—Decímelo vos para saber si aprendiste bien tu lección, amigo, contestó Nohelia feliz por las palabras expresadas por su amor.

—Me dijiste en aquella oportunidad que el buen periodista se apega con todo a la realidad, a la verdad, en su relato noticioso. El buen escritor miente, apegándose a lo ficticio; mientas más embustero sea su relato, mejor será el escritor. Lo que en ese momento no te dije era que la verdad es patrimonio de la filosofía, es un concepto netamente filosófico, pero nunca me detuve a pensar en el aspecto periodístico que ese día mencionaste, agregó Leonel.

—Sí, yo tampoco había meditado en esto de la verdad filosófica Leonel.

—El célebre Protágoras de Abdera aseguró: "*El hombre es la medida de todas las cosas, de las que son cuanto que son, de las que no son en cuanto que no son*". Te menciono esa sentencia de este filósofo griego porque él fue uno de los primeros sabios de la antigüedad en desarrollar el tema de la verdad, es decir, para Protágoras el hombre es la norma de lo que es verdad para sí mismo y a la vez, la verdad sería un concepto que solo tendría sentido para el ser humano Nohelia, dijo Leonel con aplomo.

—Durante trece siglos, la verdad en Europa fue Dios y nada ni nadie podía con esto, hasta que René Descartes dudó de todo, entonces el hombre tomó el papel de la verdad; bueno la verdad ha cambiado mucho durante siglos Leonel, pero la verdad es… que te extrañé mucho cuando te fuiste de París, necesitaba verte, lo confieso, le dijo Nohelia a su amor imposible.

Él la miró con mucha ternura, pero no respondió nada. Después de las palabras de ella, Maritza dejó de bailar y por un momento se quedó inmóvil y en silencio.

Para Leonel también fue muy doloroso decirle adiós a Nohelia y a la ciudad de París, lloró como un niño al despedirse de ella en el aeropuerto. Antes del abordaje la tomó fuerte entre sus brazos y en ese instante no estuvo seguro si su retorno era lo mejor para él y para Nohelia. Sonaba en el circuito radial del aeropuerto *13 jours en Francia,* éxito musical de Francis Lai, de 1968. Las bellas notas de esta canción hicieron más difícil la despedida la tarde cuando volvió a Guatemala.

Vivir en el apartamento de Nohelia fue tan grato y apacible, muy especial y armonioso; jamás tuvieron un disgusto, algo que motivara alguna riña, todo lo contrario, Leonel alegró por dos años su vida, a pesar de los meses que duró la huelga del 68, pero esos también fueron días de mucha emoción para ellos. Estuvieron en este acontecimiento histórico que cambió para siempre la vida de los parisinos. Tuvieron todo para disfrutar en el 68, juventud, dinero, buen físico y todos los deseos de vivir la vida auténtica.

Estaban en plena recta hacia el puerto, como le decían los guatemaltecos a toda esta área camino del Océano Pacífico, el tibio aire tropical entraba por las amplias ventanas del deportivo alemán. Leonel guardó silencio deseando cambiar el tema de su ausencia en París.

—No puedo creerlo pasaste más de dos años conmigo, fue tan bonito, casi te convertiste en mi esposo, ja, ja, ja, ja, ja, sonrió Nohelia, queriendo ver la reacción de Leonel.

—¿Qué decís vos? Ja, ja, ja, ja, ja, ja, no he nacido para casarme, seré soltero siempre, siempre; seguiré estudiando filosofía el resto de mi vida, tengo en proyecto escribir un libro acerca de filosofía analítica, aseguró sonriendo el joven.

—Pero no podés negar que fue emocionante todo lo que vivimos en ese Mayo del 68, *ufff*, fue increíble, vos me lo dijiste el día en que me anunciaste que algo muy grande se estaba gestando en la ciudad de París ¿Te acordás? No sé si fue en alguna de nuestras caminatas a la orilla del Sena, o en alguna de las gradas del Sacre Coeur, fue en algún lugar donde hiciste esta predicción amigo ¿Recordás?

—Sí, fue en el apartamento, una noche que cocinábamos la comida de la semana, luego de mis clases en la Sorbona, pronunció Leonel un tanto nostálgico.

—Claro, fue ahí, que desmemoriada soy, seguro estaré muy enamorada, je, je, je, je, je. Tuvimos mucho temor de involucrarnos en aquel movimiento que fue creciendo, pero que era ajeno a nosotros.

—Sí, lo recuerdo, tenés toda la razón, aunque nunca me atreví a formar parte de toda aquella enorme huelga del movimiento estudiantil; tengo tan presente la creatividad de los alumnos de Nanterre y de la Sorbona para hacer pancartas, había algunas tan creativas, era como si esa manifestación hubiera sido un homenaje o festival a la publicidad futura, fijate, recuerdo unos que decían: *Se prohíbe prohibir*, otros manifestaban: *Abolition de la société de clase, Que fais tu contre la faime, o aquel que decía, Je lutte contre L imperialisme!* Eran tantos y diversos, los había también muy violentos, recuerdo otro que declaraba traducido al español: *La humanidad comenzará a ser feliz el día en que el último burócrata haya sido colgado con las tripas del último*

capitalista. Eran panfletos muy violentos mi amiga. Inducían a los estudiantes en su actitud vehemente.

—Yo recuerdo algunos lemas más creativos como uno que decía: *Sea realista pida lo imposible,* y otros que pegaron en ese momento en paredes, o que estaban escritos en pancartas; me hacía gracia uno que decía: *Ya no digas profesor di muérete burro;* otro decía: *gozad aquí y ahora,* agregó Nohelia, riéndose de tanto recuerdo.

—Ja, ja, ja, ja, ja, ese último sí me pareció atinado, *gozad aquí y ahora,* aseguró la bella Maritza, quien extrañaba la opulencia de París, donde acostumbraba comprar ropa en Le Bon Marché, o en el Boulevard Haussmann. Gastaba plata a manos llenas en Le gran magazine la Fayette y otras grandes tiendas de moda de ese universo de lujos y excesos.

—A mí me costó mucho comprender todo aquello, hasta la fecha no tengo claro lo que pretendían los muchachos, mismos que pertenecían a una sociedad donde no había hambre, donde todo el mundo la pasaba bien, charlando en los cafés de Montmartre o caminando por la monumental París, comiendo bien, embriagándose un día sí y otro también, paseando en Hungría, Alemania o España. Ahora que veo esto desde aquí, creo que el movimiento estudiantil y sus peticiones nihilistas, o más bien anárquicas, sirvieron de mucho al movimiento obrero industrial, que vio en este espacio de reivindicación social, el momento de reclamar una serie de mejoras salariales para todas las grandes fábricas de automóviles franceses, Renault, Peugeot, Citroën, entre otras. Nunca vi muy profundas las causas o motivos que tenían los estudiantes ante un sistema ordenado y que en cierta forma funcionaba de maravilla. La economía francesa tuvo un desborde de producción y de crecimiento económico en la década de los 50 y principio de los 60 vos. En Guatemala

se sabía, que de 1945 al 65, Europa tuvo uno de los mejores momentos económicos de su historia y Francia no era la excepción. Creo que muchos de los reclamos de los estudiantes eran individualistas o en favor de la liberación femenina; también en favor de una sexualidad libre sin los preceptos inquisidores de la Iglesia y la sociedad, en todo caso Mayo del 68 era ajeno a la Eterna Primavera de nuestra patria mi amiga, ya habría querido verlos viviendo unas horas dentro de nuestro sistema económico, donde reina el hambre, gobierna la ignorancia y donde se aniquilan las ideas con muertes violentas, dijo un tanto triste el joven filósofo.

—No es tan así Leonel, recordá que en ese momento había una antipatía hacia el imperialismo norteamericano; también a la Guerra de Vietnam y otros conflictos geopolíticos en los cuales estaba involucrada Francia, creo que sos muy severo en tu juicio con los jóvenes de Mayo del 68, pienso que ellos se atrevieron a decir lo que sentían, se atrevieron a decirle al mundo que estaban contra la carnicería que se vivía en Vietnam, contra una educación universitaria desvinculada de la realidad laboral de ese momento, dijo segura Nohelia.

—Pero ¿Cómo se puede protestar cuando uno forma parte de los mismos beneficios de un sistema? Francia, Inglaterra, España, Alemania, Austria, Portugal y Holanda han sido países colonialistas y negreros, recordá que fueron ellos, en su mayoría, quienes iniciaron el tráfico de esclavos africanos hacia América y el mundo, Haití fue el primer país que se liberó de Francia en 1811. Los franceses dejaron esta nación devastada, sin educación ni recursos naturales y con una población que había sido llevada del continente africano. Aquí se cumple un pensamiento que Karl Marx escribió y que viene "como anillo al dedo" en nuestra charla amiga: *Para ser libre en su casa, John Bull necesita esclavizar a los pueblos que están fuera de las fronteras de su Estado.* Creo entender uno de los mensajes más comunes en aquella huelga de cartelismos, eslogans y mensajes escritos en todas las paredes y muros de París; recuerdo uno que decía: *Yo decreto estado de felicidad permanente*, ¡Claro con toda la riqueza que han acumulado por siglos de las colonias explotadas, es fácil decretar este estado tan ventajoso y fresco! ¿No creés mi amiga?

El capital francés, español, inglés y europeo en general, se hizo saqueando la América recién conquistada por España, Nohelia, fundiendo el oro de los Incas en reales de ocho y doblones españoles, fortunas que a su vez fueron robadas durante siglos en el mar Caribe por Bucaneros, Corsarios y Filibusteros europeos, pero, sobre todo, por los piratas británicos como Sir Francis Drake, quien portaba patentes de corso que le daban a él y a su tripulación naviera, el poder y derecho para sabotear los galeones españoles y asaltar pequeñas ciudades costeras de las naciones enemigas de la corona inglesa.

Muchos de los bergantines que anclaron por casi un siglo en Port Royal transportaron esas riquezas a Inglaterra y a otras naciones del Viejo Mundo. Los sobrantes de los espolios del pillaje, producto del casus belli entre España e Inglaterra por la invasión británica de Jamaica, fueron erogados en lujuriosos deleites bacanales de los piratas, en las tabernas y lupanares de este legendario puerto jamaiquino, el cual fue engullido por el mar el sábado 7 de junio de 1692, entre las once y las doce del mediodía. Karl Marx, en su excepcional obra *El Capital*, aseguró que la profusión de oro y plata de la naciente y creciente base industrial de la economía más avanzada de Europa, refiriéndose a Gran Bretaña, llegó a ese país manchada con sangre en una mejilla,

agregó que ese capital lo hicieron "chorreando lodo y sangre", dijo Leonel en tono burlón.

—Es curioso Leonel, sabiendo todo esto que decís me pregunto ¿Qué hacemos en París?

—No tengo la respuesta a tu pregunta, sin duda alguna creo que París surgió a la vida para ser pintada. Cada calle, cada fuente, cada iglesia y cada puente te invita a quedarte porque su belleza penetra en tu mente. París surgió a la vida para ser caminada, para ser disfrutada, para amarla y retratarla, no en vano hay tanto pintor en Montmartre. De igual manera podría pasarte en Londres o en Praga donde también te sentirías hipnotizada por su belleza, Nohelia. No todo es malo en este mundo fascinante donde quedás cautivado por sus pintores, músicos, escritores, filósofos que te convidan a permanecer en estos países de Europa, agregó suspirando Leonel.

—Tenés razón amigo, así me siento yo, atrapada y presa por voluntad en esa bella ciudad. Pero volviendo al tema, todo esto es paradójico, ¿Cómo pueden borrarse con huelgas siglos de sometimiento y dominio colonial? No dejan de ser ilusorias estas luchas Leonel. De todas formas, creo que hay mucho que rescatar, es decir, cosas buenas, por ejemplo, el legendario documento que firmaron muchos eruditos, profesores, estudiantes, inclusive el mismo Sartre, donde pidieron a los jóvenes de principios de los 50 que no se involucraran en la Guerra contra Argelia, nación que en esa década buscaba su independencia de Francia, es decir, no podemos generalizar, se ha hecho mucho por la libertad de los pueblos. El problema es que a los imperios no les gusta dejar de serlo; la oposición que Francia tuvo ante la independencia de Argelia contradice totalmente los fundamentos e ideales de la misma Revolución Francesa, así veo yo las cosas,

además hubo muchos grupos que influyeron en todo el movimiento huelguero, por ejemplo: La Internacional Situacionista, los anarquistas, maoístas, trotskistas y otros. Yo supe que ese día, cuando algunos estudiantes de Nanterre iban a ser juzgados por un tribunal académico en el Barrio Latino, fueron apoyados por los Enragés, es decir, los rabiosos iniciaron los desórdenes en el famoso barrio. También los apoyaron muchos estudiantes más, dijo Nohelia muy emocionada por estas charlas que disfrutaba tanto con su amigo.

—Estás en lo correcto, en esos días Jacobito me había contado algo respecto de unos escritores de algunos textos relacionados con la Internacional Situacionista cuyos ideólogos fueron Guy Debord y Raoul Vaneigem. De ellos no sé mucho Nohelia.

—No te inquietés, no pasa nada, lo que quiero decir es que muchos grupos ideológicos vieron en la Huelga de Mayo del 68 la oportunidad de entrar en el sistema y crear en él una disrupción política que provocara la imposición de un nuevo orden socioeconómico. De todas formas, creo que el discurso mediático y político de Charles de Gaulle en el ocaso de su mandato fue muy oportuno porque advirtió al pueblo francés, que todos los disturbios y el caos que se estaba viviendo en París, a la postre, causarían el debilitamiento de la democracia y el riesgo de que ese decaimiento institucional democrático, causaría el ingreso del marxismo ateo en el país. Ese punto fue lo que disipó, poco a poco, todo. En otras palabras, ese fue *El fin de la historia*, ja, ja, ja, ja, ja, ves cómo aplico los conceptos filosóficos que me enseñaste amigo, concluyó conmovida Nohelia.

—Sí, toda la razón; sin embargo, quizá las nuevas generaciones hagan bien en cuestionar el accionar del pretérito, cuestionar a los padres y a los gobernantes

de lo que han hecho en el pasado. Aun así, con o sin razón nunca tomé partido de nada, más bien fui testigo de algunos sucesos que vi con mis propios ojos. Tengo tan presente al gran Sartre hablando por el megáfono en las protestas de la Sorbona, es más, eventualmente vi a Michel Foucault y a Jean Paul juntos apoyando la huelga de estudiantes, a pesar de que Foucault no comulgaba con ideas comunistas, ni simpatizaba con el Partido Comunista Francés. A Foucault apenas se le vio en la huelga.

Recuerdo una tarde en Nanterre, Jacobito me había invitado a presenciar una sesión de aquel importante movimiento estudiantil; creo que fue entre el 6 y el 10 de mayo, recuerdo que tumbaron muchos vehículos pequeños y les prendieron fuego, con todo lo que tenían a la mano se improvisaron barricadas contra el ataque de la policía francesa. En ese ambiente de caos, tengo tan presente al maestro Sartre dirigirse a los muchachos con un altoparlante que sostenía con dificultad, diciéndoles que *amar la vida no era sólo intentar conservarla cobardemente escondiéndose de los problemas que deben enfrentarse, que amar la vida implicaba también arriesgarla en favor de las causas justas de las luchas sociales que intentan procurar una vida mejor, pero no de forma individual y con egoísmo como lo hacía ver el inicuo capitalismo, que la vida era más que encerrarse en casa negándolo todo.*

Nunca olvidaré sus palabras, su actitud estoica y valiente junto con los jóvenes a los cuales no abandonó ni un segundo en la huelga. Indudablemente era un hombre como el que buscaba Diógenes de Sinope. Sartre es un filósofo para la vida, de la vida misma. Yo deseaba participar en la huelga, pero me sentía ajeno a todo, a la cultura, al idioma, no era mi lucha, mi patria estaba lejos de aquel país. Muchas veces presenciando la Huelga del 68 pensé ¿Qué hago aquí, de testigo

de todo este vasto movimiento estudiantil, tan ajeno a mí? Debería estar peleando por las causas justas de mi país, combatiendo a los Escuadrones de la muerte y La mano blanca. En los momentos más intensos de la Huelga sentí hasta un poco de envidia de aquellos jóvenes que luchaban por su país, por su sociedad. Pensé decírtelo en esos días, pero no me atreví, llegué con tantos deseos de saber más de filosofía y de estudiar en la mágica París, te estoy diciendo la verdad amiga, espetó Leonel con lágrimas en sus ojos.

—Te creo Leonel, tranquilo, le respondió Nohelia un tanto sorprendida por sus palabras.

—Por eso pensé que quizá algún día podría regresar a mi país a luchar con ese coraje que pude ver en estos jóvenes, como Daniel Cohn Bendit, Alain Krivine, Daniel Bensaid y otros. Todo este gran movimiento del 68 me dejó una gran lección de vida, pienso que, sea como sea, aquellos jóvenes se atrevieron a manifestar en su propio mundo, se atrevieron a intentar cambiar las cosas que no les parecían justas. En este sentido llevaron a su propio mundo la filosofía de la praxis, esa que destacó Karl Marx *en su tesis 11* sobre Ludwing Feuerbach, en donde dejó escrito: *Hasta ahora de un modo u otro los filósofos se han encargado de interpretar el mundo, de lo que se trata es de transformarlo.*

En el caso de Guatemala, creo que tendrá que atravesar por tiempos muy violentos, turbulentos, llenos de muerte y dolor porque los pocos jóvenes que luchan por una mejor sociedad son los que desean abolir la actual situación estamental nociva e inicua para los desposeídos. Esta lucha que se desatará desde la izquierda abrirá las puertas del infierno en las décadas futuras Nohelia, profetizó Leonel.

—¿Por qué decís eso amigo?

—Porque Estados Unidos y los demás países capitalistas abrirán fuego y aniquilarán todo lo que atente contra sus intereses imperialistas, creo que, de todas formas, no ganaremos la lucha porque todos desean lo mismo, individualidad, triunfos económicos, explotación humana, rivalidad, revanchismo, egoísmo, riqueza a costillas de otros. Desde hace muchos siglos el hombre blanco cree tener en sus espaldas la responsabilidad de educar a todos los salvajes de este planeta, evidentemente, dominándolos con sus políticas colonialistas, si no que lo diga Rudyard Kipling, en su recordado poema *The White Mans's Burden*, un poema racista, egocéntrico e imperialista. Algunos aseguran que el dominio de los blancos es mandato de Dios porque ellos descienden de los Jafetitas, o pueblos indogermánicos o indoarios y que fue el mismísimo Noé, quien aseguró: *Agrande Dios a Jafet*. Creo que nos esperan días truculentos, dijo Leonel con lágrimas en los ojos.

—Algo que me pareció digno de mencionar es que para el 10 de mayo esto se encontraba en plena efervescencia: Comunistas, anarquistas, trotskystas, estudiantes de izquierda, sindicatos y trabajadores de la industria automotriz sumaban casi diez millones de personas y no hubo más que heridos, indudablemente el objetivo y experiencia de Charles de Gaulle, no era actuar de forma visceral, sino procurando encontrar una razón para todo aquello. Desde aquí donde estamos ahora, camino al puerto, creo que este viejo militar francés, no vio muy profundas las demandas de los estudiantes, de hecho, de todo esto sacó más provecho la clase obrera y digo esto por los acuerdos de Grenelle, en los que se lograron, no solo incrementos salariales, sino mejoras en los derechos de los trabajadores de las distintas industrias francesas, aseguró Nohelia.

—Algunas veces apoyé a Jacobito en las manifestaciones, inclusive las más neurálgicas que se dieron luego del 22 de marzo, pero recuerdo que lo mejor del caldo fue del 2 al 10 de mayo, cuando la policía les echó verga en varios lugares, sobre todo en el Barrio Latino, muchas personas inocentes pagaron el precio con sus vehículos, porque les prendían fuego sin pensarlo dos veces.

Pero deseo referirme a Jacobito y su papel protagónico en la huelga, en él había una razón, recordá que era hijo de un francés, aunque su madre era chapina, su padre había nacido en París, su mismo apellido Barbier lo evidenciaba, tenía todo el aspecto de esta gente y hablaba el idioma, además de tener todos sus papeles en regla con el gobierno de Francia. Yo estuve ahí y a la vez fui ajeno a todo, sentía temor de que me llevaran a la cárcel y estando en el bote, ni siquiera pudiera explicar el motivo de mi presencia en París; imaginate qué pena les habría causado a mis amorosos padres dándoles un susto de estos. Sin embargo, fui testigo de estos dos meses de revueltas y conflicto social, aseguró Leonel en esa oportunidad.

—Ya basta, hagan sho, ya dejen de estar hablando del tal Mayo del 68, estamos a punto de llegar al chalet de mi padre, relájense, gocen de la vida, que solo una vez se vive. A mí me vale huevo todo lo que pasó en el 68 o lo que pasó en el planeta, me vale todo, el mundo no cambiará su marcha, mejor tomémonos unos tragos a la orilla del mar y vivamos la vida; el único eslogan bueno que recuerdo de todos estos relajos es uno que decía: *Yo decreto el estado de felicidad permanente*, ese si tenía buen mensaje.

Disculpá que te diga esto Leonel, pero decime ¿Por qué admirás tanto a todos estos pensadores europeos? Para mí es algo patético que nosotros los latinos y

guatemaltecos no podamos tener nuestro propio pensamiento filosófico, ¿Qué hay de nuestra autonomía mental? Somos herederos de una cultura o varias culturas milenarias, entre otras la Maya y luego de esta enjundiosa cultura, de un rico mestizaje; entonces ¿Por qué es tan importante según vos, importar a nuestros países hasta el pensamiento extranjero? No nos basta con ser dependientes de toda su apoteósica tecnología, misma que nos zampan en todo, hasta en el vehículo en que nos dirigimos al mar, y encima tenemos que pensar como ellos. Sabés, escuché decir a un amigo en París, que toda la filosofía del mundo se deriva del pensamiento de Platón, Sócrates y Aristóteles, pero creo que en nuestro continente si hay pensadores buenos, así como vos, pero, tienen que dejar de ver hacia Occidente para retomar América entera. No es posible que sigamos dependiendo de los sistemas de pensamiento de otros, ¿No creés mi amigo?, espetó Maritza con los ojos perdidos en la nada.

Leonel calló un instante y luego de meditar respecto de lo que aseguró la bella Maritza agregó:

—Mirá mi amiga, es innegable que, desde Los siete sabios de Grecia, Los presocráticos, hasta nuestros días, Europa ha tenido una constelación de astros del pensamiento, quienes han construido sistemas filosóficos fascinantes, geniales de ilustración. Antes de mi viaje a París, anhelé ser testigo de esta grandiosidad conociendo a quienes, en mucho, son herederos directos de esta tradición filosófica, refiriéndome a Sartre, a Foucault, a Lacan, o Merleau-Ponty, entre otros que forman parte de esta basta nebulosa de sabiduría y erudición, pero te digo, de corazón, que no dejás de tener razón Maritza, precisamente por eso regresé a Guatemala, porque deseo hacer algo por mi país, por mi gente, por lo mío. Cuando regresé a Guatemala, mi padre me habló de un gran pensador guatemalteco de nombre Héctor Castañeda Calderón, nacido en el Arenal, San Vicente, en Zacapa, muy valorado en Estados Unidos. Según sé, no ha escrito su obra en español; tengo planificado estudiar su pensamiento y el de otros pensadores latinoamericanos como Juan Bautista Alberdi, Vicente Masferrrer, José Ingenieros y otros que ahora se me escapan de la memoria. Existe esa riqueza de pensamiento latinoamericano Maritza, algo haremos para exaltarlo y para que el mundo lo conozca. Debemos evitar, a toda costa, seguir importando el pensamiento extranjero, debemos volvernos autónomos filosóficamente, ser nosotros mismos; no ser pensados, no ser manipulados, plantear nuestras propias ideas, ser nosotros mismos, agregó emocionado Leonel.

Debido a su buen porte y a su evidente belleza, Maritza logró que le dieran trabajo en dos tiendas ubicadas en el Boulevard Saint Germain, cuando recién llegó a París, pero no duró mucho en esos empleos bien remunerados. De todas maneras, poco le importó lo del trabajo, las drogas la mantenían en un estado permanente de exquisito deliquio. Como consecuencia de los goces excesivos y su vida ociosa, la hermosa Maritza había caído en una especie de *taedium vitae*.

—Toda esta gente que participó en la gran huelga debería estar agradecida con De Gaulle, de haber estado en Guatemala o en México les habrían dado una gran paliza, estarían muertos. Si no vean lo que pasó en Tlatelolco, con estudiantes que quizá motivados por el Mayo del 68, desearon enmendar varios aspectos, pero Díaz Ordaz no anduvo con babosadas y les dio duro.

Por eso yo no me involucro en problemas, porque deseo vivir, vivir. Me vale un rábano lo que le pase al mundo ahora y en el futuro. Mejor gocen este universo porque la vida es muy corta; miren, ser feliz no es un derecho, es una obligación, yo voy tras los sueños de mi propia vida, de lo que me gusta hacer, vivo como si fuera mi último día, la existencia es demasiado corta y absurda, aseguró de manera profética y relajada Maritza.

—Sí amiga, es obvia tu manera de pensar, en cierta forma tenés razón, pero somos algunos quienes nos tomamos la vida en serio, opinó Nohelia un tanto molesta ante las palabras de su prima.

—Solo cerraremos la plática y te prometo que cuando estemos en tu chalet nos relajaremos y cambiaremos de tema ¿Te parece?, aseguró Leonel a la bella Maritza, sabiendo que había mucho de filosófico en sus afirmaciones.

—Está bien, ustedes dos tienen menos de una hora para recordar más babosadas, agregó Maritza, molesta y bailando sensualmente dentro del carro.

—Sabés una cosa Leonel, cada día, cada noche de las que estuviste en París, es decir, junto a mí, deseé hacerte una pregunta, digamos un tanto filosófica, y no sé por qué estando allá nunca te la hice, siempre que deseaba hacértela algo pasaba o alguien nos interrumpía; pues bien, mirá te la haré ahora camino del puerto San José, dijo la simpática Nohelia, sintiendo el poder de la máquina del deportivo alemán.

—Decime, intentaré contestarte.

—¿Qué pensás del hombre, digo como especie humana?

—Ja, ja, ja, ja, ja, pienso que es un ser valiente, muy valiente Nohelia, respondió el joven, quien creyó que era más profundo lo que deseaba saber su amiga.

—¡Valiente decís!, ¿Por qué valiente?

—El hombre es un ser finito en un mundo infinito, es un ser imperfecto en un mundo perfecto, es un ser que vive en la miseria en un mundo y universo opulento, desbordado de riqueza; su misma pequeñez lo hace grande, grande, porque es capaz de confrontar su brutal realidad existencial. Su presencia en el mundo donde fue puesto tiene un sentido inconmensurable, difícil de medir y valorar porque nunca logrará encontrar las respuestas a sus eternas preguntas ¿Por qué estoy aquí en este algo y no en la nada? Teniendo conciencia de su efímera y patética existencia se aferra a luchar en su absurdo mundo, en un universo que está muriendo desde el principio del tiempo. El hombre lucha por lo mucho o poco que sus fugaces días le ofrecen y al final perderá todo, todo: sus triunfos económicos, éxitos intelectuales, fortuna, riqueza, amor, etcétera, indicó el joven filósofo.

—Sí, creo que hay mucho de cierto en lo que afirmás, contestó Nohelia un tanto pensativa.

—¿Sabés qué estaba recordando mi amiga?

—No, no sé, decime.

—¿Recordás mis primeros días en París, cuando te dije que deseaba conocer al maestro Sartre y a otro filósofo de nacionalidad rusa?

—Sí, me acuerdo ¿Y qué pasó con tu deseo?

—Nunca llegué a realizarlo, deseé conocer a Alexandre Kojève, filósofo del cual te hablé anteriormente. ¿Sabés por qué lo recordé de nuevo?

—No, no sé.

—Debido a la pregunta que me hiciste hace un instante acerca del hombre, por eso mencionaré un pensamiento del gran filósofo ruso, en el cual se refleja la respuesta a tu pregunta amiga: *El hombre es el único ser en el mundo que sabe que va a morir y puede decirse que es la conciencia existente de la muerte o una muerte consciente de sí,* pronunció Leonel, trayendo a la memoria este fragmento del pensamiento del filósofo ruso.

—Resulta increíble todo lo que me decís y un poco aterrador, espanta, pero es real mi amigo, somos de la muerte y no hay nada que hacer, aseguró Nohelia poniendo sus ojos en la interminable recta de la carretera rumbo al mar.

—Te cuento que hasta aquí en Guatemala vine a enterarme de que Kojève murió el 4 de junio de 1968, casi en los días en que terminó la Huelga en París; alguien me dijo que cuando le consultaron respecto de su ausencia en Mayo del 68, respondió que no había querido involucrarse, considerando que no había tal revolución, porque nadie había muerto y no hubo alguien que deseara matar. Creo que tuve la oportunidad de conocerlo, agregó Leonel un tanto inquieto.

Somos tan poco en el universo y, sin embargo, la conciencia de la muerte parece no importarnos mucho, seguimos aferrados a la materia y más que eso, a hacernos daño a nosotros mismos y a los demás mi amiga. Seguro nadie se acordó de él en esos días

de vehemencia política, deberían haberle hecho un homenaje a un pensador de su talla, afirmó el filósofo un poco triste por la pérdida.

—Algunas noches de insomnio recordaba la pregunta que siempre mencionabas de Heidegger, la que dice: *"Por qué hay algo y no más bien nada"* y luego de repetir esa frase en mi memoria, medité y pensé, cuánta razón tenía el filósofo al plantear esa pregunta, aseguró Nohelia muy nostálgica.

—Puchis mi amiga y ¿Qué fue lo que te dije? Ni yo mismo recuerdo, dijo riéndose el joven filósofo.

—Me dijiste con aplomo: *"La materia ha recorrido a través de millones de años, un largo camino de transformaciones, solo para pensarse a sí misma, para ser capaz de verse en un espejo y ver su rostro".*

—Entonces te pregunté ¿Y hasta dónde llegó para lograr tal hazaña mi amigo? Y vos respondiste: *"A formar lo más grandioso de la obra material, la creación del cerebro humano y por añadidura de su portador, el hombre; es en esa grandiosa masa encefálica donde la materia cobra conciencia de sí y puede verse, retratarse y conocerse".* Fue algo maravilloso lo que dijiste amigo.

—Muero por llegar al mar, dijo mi papá que don Chepe limpió el Chalet y la piscina, así que tendremos ceviche y pescado fresco para el almuerzo, aseguró Maritza ansiosa por llegar a su destino.

—Qué bueno prima, contestó Nohelia quien disfrutaba conduciendo el veloz automóvil.

Leonel deseaba terminar algunos libros que estaba escribiendo acerca de filosofía analítica; sin embargo, había aceptado la invitación un tanto a la fuerza, por

la insistencia de Nohelia. Él no era muy dado a los paseos en la playa, pero estaba en deuda con ella, quien le abrió las puertas de su casa cuando estuvo en París dos años atrás. Su hermano Manolo también le había invitado a pasar el fin de semana en una casa que había construido en Puerto Barrios, lugar donde comenzaba a ejercer su oficio de odontólogo. La hermosa residencia tenía vista al mar y a los barcos anclados en la Bahía de Amatique. Tuvo que disculparse con su hermano debido a la invitación que le hicieran Nohelia y su amiga. Mientras la aguja del velocímetro casi topaba la máxima velocidad que soportaba la poderosa máquina hecha en Bavaria, Nohelia seguía coqueteando con Leonel y aprovechó para cuestionarle algunas dudas que ella tenía y que no quedaron del todo resueltas.

—A pesar de los dos meses de conflictos de la Huelga del 68, ¿Lograste tus metas mi amigo?

—Sí y no, para mí fue un viaje fascinante, inolvidable, siempre recordaré cada día de los que estuve allá, ¿Recordás cuando te dije durante mis primeros días en tu casa, que estaba muy triste porque no había visto al maestro Sartre, debido a los quebrantos de salud que tenía él? Y después lo vi muchas veces apoyando a los estudiantes en tantos lugares, luchando hombro a hombro con ellos, en verdad es un hombre fantástico mi amiga. Hablé con el gran Sartre muchas veces, hasta creo me consideraba su amigo, qué increíble fue todo esto. Puedo morir tranquilo habiendo conocido al gran maestro del *Ser y la Nada*, *La náusea*, *La crítica de la razón dialéctica* y otras obras, dijo en tono de broma el joven filósofo.

—El no, que mencionás en tu respuesta ¿Cómo puedo interpretarlo?, cuestionó su amiga nuevamente.

—Intentaré decírtelo de forma breve. Creo que en Guatemala tenemos una idea un tanto medieval de Europa, recordá que la Edad Media y el Feudalismo quedaron petrificados en nuestra sociedad. Las ideas que muchos guatemaltecos tienen en su imaginario colectivo son las de una España de Reyes y Reinas, de galeones surcando el Atlántico defendiéndose de ataques piratas o de una Europa de príncipes y princesas; Francia no escapa de este esquema imaginario Nohelia, aseguró el licenciado.

—No te entiendo amigo.

—Lo que intento decirte es que, estando en Guatemala, antes de mi viaje a París tenía una idea un tanto romántica de la filosofía de Occidente, pensaba de forma ilusoria que iba a encontrar un París en donde el arte, la música y la filosofía habían quedado atrapadas en ese imaginario onírico del cual te hablo, así imaginé París. Estando allá me di cuenta de que nada de eso era como lo supuse. Después de ser testigo de la Huelga del 68 cambiaron muchas cosas en mí. En primer lugar, noté que la idea de la filosofía que tiene mi padre corresponde a una lejana quimera en la cual el egregio Aristóteles es seguido por sus peripatéticos discípulos cubiertos de blancas túnicas, quienes haciendo uso de la mayéutica socrática dan a luz la verdad, mientras el gran filósofo de Estagira pasea por los amplios y hermosos jardines de la academia.

Imaginé a Hegel, Heidegger y a Sartre fumando una aromática pipa, charlando ociosamente con sus alumnos en los jardines de Friburgo o de la Sorbona, discutiendo acerca de los problemas del ser. Hegel por un lado creyó ubicar al hombre de forma lineal y absoluta en la Historia Universal. Para él sustancia y hombre son lo mismo. Marx pensó que esa historia no debía postergarse, que debía hacerse de forma

inmediata rechazando el cielo inefable e ilusorio que ofrece el cristianismo y que esa gloria solo podía ser ganada por el proletariado sometiendo a la burguesía, cosa que jamás se dio Nohelia, pero que fueron los sueños de este gran economista alemán.

Heidegger, por su lado, creyó saber que su pueblo tenía derecho a buscar su propio espacio en las primeras décadas del siglo XX, que Alemania tenía toda la libertad de tomar aquello que consideraba como suyo justificando su grandeza cultural y su preeminencia racial; en uno de sus históricos discursos en la Universidad de Friburgo, Heidegger incluyó la sentencia: *Porque el inicio es aún*, refiriéndose a inducir y retomar el antiguo esplendor de la cultura griega, misma que según los alemanes representaba su glorioso pasado y sus raíces identitarias. Sartre niega cualquier creencia en Dios, dado su radical existencialismo, pero a cambio propone un nuevo humanismo basado en un mundo justo, equilibrado, sin hambre ni sed. Sartre es para mí el más grande de todos Nohelia, el más excelso pensador del siglo XX; es el filósofo que lucha por las causas justas, el que expone la filosofía en las calles de Francia, el que dice hasta el cansancio *El hombre nació para ser libre*. Pero lo que yo vi en el 68 y 69 fue una especie de corriente ideológica horteramente ecléctica, muy turbia y confusa.

Fue como un río crecido que llevaba en sus aguas terrosas: anarquismo, situacionismo, capitalismo, liberalismo, maoísmo, sindicalismo, trotskismo, undergrundismo, hipismo, comunismo, insurreccionalismo, autoritarismo, pero, sobre todo, estructuralismo, este último concepto gozaba en esos años de una gran popularidad, al punto de convertirse en una clase de movimiento cultural e ideológico de moda y en boca de todos.

No cabe duda de que las ideas del antropólogo y filósofo Levi-Strauss influyeron en la génesis de esta corriente de pensamiento Nohelia. Lo peor es que toda esta amalgama ideológica se fue por un tubo al desembocar en un delta muy estrecho donde se consumó todo esto, es decir, dos meses de disturbios y destrucción de propiedad privada no lograron cambios radicales en el sistema socioeconómico francés, más bien favorecieron a un enorme grupo de trabajadores de la industria, quienes formaban parte de los intereses de la clase dominante, en otras palabras, de la burguesía capitalista francesa, espetó Leonel de forma reflexiva.

—Y entonces, ¿Cuál es tu conclusión amigo?

—Ya la resumiste muy bien hace un momento, coincido con vos en todo y ratifico tu opinión, en el sentido de creer que la vasta experiencia política y militar de Charles de Gaulle dedicada durante toda una vida a su amado país, logró contribuir en mucho con la disipación del conflicto. En tan solo unos días todo el problema quedó neutralizado por la mente brillante de Gaulle. Razón inmensa tuvo Kojève cuando aseguró que lejos de ser una revolución, *El Fin de la Historia,* volvía a manifestarse en el triunfo de la democracia liberal y la burguesía, mismas que según él vivirán por siglos en el planeta, concluyó Leonel con lágrimas en los ojos.

—Estamos de acuerdo Leonel, me alegro tanto que hayas cumplido tus metas y tus deseos, que conocieras de cerca las estructuras sociales de Europa, de la sociedad francesa, aseguró de corazón la joven enamorada del filósofo.

—Recuerdo la primera vez que nos involucramos en la multitud, fue el viernes 22 de marzo de ese año tan significativo para nosotros, recuerdo que, desde la ventana del apartamento, vos miraste un río de personas que corría quién sabe a dónde; entonces me dijiste ¡Vamos por la Carmencita! Tu amiga íntima, creo que era sobrina o hija de una amiga de doña Blanca, la esposa de Asturias, eso creo, dijo el joven filósofo.

—Sí, qué buena memoria, era hija de su mejor amiga, agregó Nohelia.

—Para entonces él ya era premio Nobel de literatura, ¡Qué dicha!

Ya era un hombre con mucho prestigio en las letras guatemaltecas y del mundo entero. Recuerdo que para nosotros fue una novedad, era como una pequeña aventura, como te dije y aseguré antes; no soy hipócrita, no sentía nada por aquel movimiento social que inició, según las palabras de Jacobito, el 8 de enero de ese año. Lo que sí me gustaba era que todos los estudiantes manifestaban a sus anchas, era una especie de confianza en el sistema, pienso, que de haber sabido que los matarían, la mayoría no se habría atrevido a manifestar.

Creo que lo más parecido que se dio en Guatemala a esta manifestación fue en el 44, cuando cayó Federico Ponce Vaides, quien había quedado como testaferro del régimen de Jorge Ubico. Eso lo vivieron nuestros padres amiga, dijo Leonel muy emocionado, sintiendo el aire caliente que entraba por las ventanas delanteras del deportivo.

—Qué muladas hace uno sin meditar las consecuencias, ese día, cuando pasamos por la Carmen, recuerdo que toqué el timbre del apartamento y me abrió doña Blanca, estaba muy sonriente y me dijo con su acento argentino: *"Entrá nena, te voy a presentar a*

unos amigos de mi esposo, te caerán bien" le dije que no, que llevábamos prisa, a lo que ella respondió: *"pero no ven que hay manifestaciones y disturbios en la calle"*, lo mejor sería que no salieran. Carmencita apareció, ya estaba lista, tomó su abrigó y nos despedimos de la esposa del gran Moyas. Luego, cuando regresamos por vos, al apartamento donde estabas esperándonos, me dijo:

—De la que me salvaste amiga, estaba aburrida escuchando a todos esos viejos decrépitos, solo hablan de política y de poesía, ah, y de cuentos y novelas, ja, ja, ja deben estar locos, manifestó Carmencita, feliz de ir un rato a la calle a distraerse con los jóvenes y con los problemas ajenos.

—Y ¿Quiénes son esos viejos que te cayeron tan mal amiga?

—Mirá, estaba uno que era el menos viejo, un tal Rafael Alberti, dis que es poeta. Otro viejo que le da un aire al marido de mi tía de nombre Pablo Neruda; también uno que hablaba de sus novelas, creo de nombre Alejo Carpentier y por supuesto, don Miguel Ángel, el marido de tía Blanca, dijo Carmencita esa vez.

—En verdad lamento mucho no haber entrado a saludarlos, imaginate qué conjunción de astros estaban reunidos esa noche en casa de Carmencita, pero la vida solo da una oportunidad mi amigo, de haber valorado esa ocasión te habría ido a traer para que vieras de cerca a esos colosos de las letras, pero la juventud domina Leonel. Los vi de lejos y escuché sus voces estentóreas, pero el momento se esfumó. No valoré ese instante de mi vida. Para mí era tan importante conocer a estos grandes hombres de letras, como para para vos estar

frente a los filósofos que siempre mencionás Leonel, meditó Nohelia.

—Sí, habría sido increíble ver a ese cuarteto de literatos mundialmente famosos Nohelia, pero ya no te lamentés, ya no hay nada qué hacer, le dijo Leonel intentando consolar a su amiga, quien pensó en ese momento que había perdido esa oportunidad por estar otro instante junto a él.

—Recuerdo esa vez, cuando desde la ventana mirábamos pasar aquel río caudaloso de personas en la calle, era una enorme corriente humana que transitaba justo en el bulevar donde vivíamos amiga.

—Todavía recuerdo que la multitud nos llevó a recorrer medio París, en medio de todo era alegre para nosotros toda aquella energía joven, repleta de vida. ¿Recordás? El caudal de gente nos llevó a recorrer Champs Elysees, era un gentío -como decimos en chapín- de jóvenes con pancartas y mantas, pintando todo espacio en que cupiera un eslogan o mensaje. Estando en el Barrio Latino nos encontramos a Jacobito en plena acción, era un dirigente muy activo, como siempre nos abrazó y nos dijo su frase favorita Pour la grosse pute, ja, ja, ja. Ja, ja, ja, ja. Había algo en él que lo movía a luchar por esa tierra, a pesar de llevar sangre guatemalteca. Las vueltas que da la vida, pensar que jugábamos juntos cuando fueron vecinos de nosotros en Las Conchas, Jacobito llegaba a la casa luego del colegio. Pero volviendo a París y a nuestra caminata con Carmencita, ¿Te acordás? regresamos muy tarde, doña Blanca estaba muy preocupada por ella. Cuando la vio llegar me dijo: *Me tuviste muy preocupada nena, pensé que les había pasado algo*. Los viejos amigos de Asturias estarían lejos o bien dormidos. Creo que todos ellos simpatizaban con el comunismo, aseguró Nohelia.

—¿Y Carmencita, que fue de ella?, cuestionó Leonel.

—Ella regresó a Buenos Aires, a Mar del Plata, ya no volví a verla.

—Entiendo; ¿Recordás una noche cuando llegó Jacobito por mí para invitarme a una reunión que tuvo con algunos alumnos, profesores y escritores de las universidades de la Sorbona y Nanterre? Pues esa noche estuve hablando con un tipo muy preparado, un hombre de unos 38 años. Comenzamos a charlar porque él estaba de visita en París, me dijo que había nacido en Argelia; recuerdo que era apellido Derrida. Mientras los otros *"componían el mundo"*, me contó que estaba escribiendo un libro que algún día publicaría acerca del ocaso del comunismo, del marximo-leninismo. En esa oportunidad le pregunté si en su obra exaltaría las virtudes de ese sistema ideológico y me respondió que no, indicó que su intención era más bien proléptica, "En esta obra, -me dijo- anunciaré que este sistema caerá en unos años y que del mismo solo quedarán los espectros de Marx. Esa noche me contó que el término espectros, era el que Marx quería utilizar para título del *Manifiesto del Partido Comunista*. Me aseguró que el triunfo de la burguesía había sido inminente e innegable en el mundo, en un mundo cada vez más cosificado e individualista.

—¿Le preguntaste por qué creía eso?

—Claro, eso fue lo primero que le pregunté, luego señaló: *"El marxismo no está muriendo por inicuo, en verdad era la esperanza de la humanidad el bien común, el bienestar para todos. Lo malo en él ha sido el excesivo vanguardismo de su élite política que volvió la ideología un dogma sagrado, una especie de religión. De este dogma surge entonces el culto a la personalidad, el culto al gobernante elegido por el partido, mismo que*

administra burocráticamente la ideología marxista. El culto a la personalidad vuelve al gobernante un dios, que se perpetuará muchos años en el poder volviéndose imprescindible para el sistema, no para el pueblo, inclusive después de muerto, el pueblo no toma parte en todo ni en nada. Mi libro expondrá que existe en este momento en Europa un nuevo dogmatismo, pero este es enfermizo contra el marxismo y está creado y promovido por el imperialismo y las nuevas tendencias neoliberales" Creo, si pudiera hacer una evaluación de mi viaje a París, fue este filósofo quién influyó de manera radical en mi forma de pensar, lo que me dijo respecto del marxismo ratificaba mis dudas acerca de lo que siempre pensé, que no es el sistema sociopolítico el anómalo, sino el grupo militante y el líder que lo lleva a la praxis, el malo, aseguró Leonel.

—¿Por qué decís eso?

—Mirá, esa noche mientras Jacobito y cientos de estudiantes planificaban los lugares exactos de las barricadas y las acciones que realizaría el grupo que él dirigía, nos apartamos un instante con Derrida al fondo del Teatro del Odeón y fue ahí cuando me dijo: *"Estoy trabajando una idea filosófica, un concepto al que he llamado Deconstrucción, este término lo desarrollé luego de analizar una idea central o centro de pensamiento"* ¿Y esto de qué trata?, le cuestioné esa noche, entonces me dijo: *"En esta parte del mundo nuestra idea central de pensamiento consiste en una verdad, un origen, una escena fija, eterna e inamovible, por ejemplo, desde hace siglos Cristo es el centro de nuestra sociedad cristiana. De este pensamiento central parte la idea de que todos los cristianos son santos y buenos y que todos los que no son cristianos son paganos y malos. En los albores del cristianismo, en el siglo primero, Pablo estuvo predicando el cristianismo en Éfeso, provincia de la actual Turquía. En esos días, a él y a todos los que seguían sus enseñanzas se les consideraba paganos y el resto de esta provincia y de las otras eran consideradas correctos seguidores del politeísmo de ese momento ¿Ves cómo durante siglos ha cambiado esta idea central?*

¿Cuál es la verdad?, le pregunté, el indicó: *"Estas ideas centrales producen ideas binarias, opuestos axiológicos falsos, ni todos los cristianos son puros y buenos, ni todos los paganos son impuros y malos. Es el lenguaje el que torna los conceptos disímiles, es el lenguaje el que influye en que estas ideas se conviertan en conceptos fundamentales casi inamovibles, en otras palabras, se forman pares opuestos, binarios".*

¿Y qué plantea usted como solución a este problema filosófico, y más que eso, buscando lo teleológico en el asunto? *"Buena pregunta mi amigo Leonel, precisamente estoy trabajando otra obra en la que daré soluciones a estos asuntos, en la cual se pueda advertir lo nefasto que es este sentido de centralidad, en un componente y otro sentido de marginalidad en su contrario. Lo que propondré en esa obra es la Deconstrucción del lenguaje, el cual consiste en subvertir el orden del pensamiento lingüístico, de manera que se encuentre un equilibrio a estas ideas centrales, marginales a centrales y centrales a marginales. Esta obra develará, sin duda, que nadie debería tomarse como eterno ningún concepto de verdad, que no hay ideas centrales y que todo es relativo".* Finalizó diciendo que el capitalismo extremo y el imperialismo nutrido por la burguesía, terminaría creando una riqueza centralizada y una periferia en las naciones colmada de miseria y que esa miseria acabaría con el planeta mismo, porque tal condición de pobreza en la mayoría finiquitaría los recursos como el agua, los bosques y otros bienes de la tierra. Esa noche cuando hablamos me dijo discretamente:

"¿Sabes que esta huelga no llegará ni cerca a ser una revolución? Este gran movimiento cultural es solamente

eso, un enorme movimiento cultural, con algunos ingredientes políticos y luchas sindicales agregadas, con un proletariado que logrará algunos acuerdos laborales, pero nada más. Pero ahí se quedará todo, porque nadie desea el marxismo ateo dentro de las calles de París amigo, nadie.

Fue increíble cómo Derrida me aseguró que *la clave de la filosofía estaba en el lenguaje mismo* y me afirmó que *desde ningún concepto, el concepto mismo debe fijarse en una sola interpretación, sea esta semántica, filosófica u otra, todo lo contrario, cada concepto guarda infinitud de interpretaciones polisémicas, por ejemplo, inventemos un término ahora mismo, egodiseo, podría referirme por medio de este concepto a alguien que pretende mediante su discurso exponer aspectos acerca de sí mismo; hacer un viaje respecto de su propia vida, verbigracia, San Pablo hablando de la sexualidad y su relación con el pecado. ¿Acaso esto no revelaría la mala o buena relación que este apóstol de Cristo tuvo con su propia sexualidad? Por ejemplo, por qué tenemos que decir virginidad, si podría decirse también vergenidad, en el caso masculino. Ahora mismo, te aseguro, suspiro por mi patria, podría decirte entonces que tengo nostalgeria. Ves que no hay nada determinado en los conceptos, lo que pasa es que estamos dominados por el sistema imperante en el mundo. El triunfo de la Revolución Francesa seguirá influyendo en el mundo, el triunfo de la burguesía y no del proletariado. Marx no vivió lo suficiente para ver con claridad su error, su ilusión de ver al proletariado aniquilando la burguesía en el mundo, todo lo contario sucede y sucederá, en la lucha de clases, la burguesía sepultará al proletariado".* En esa oportunidad, mientras Derrida me hablaba sin pausas, por momentos me distraía viendo la majestuosidad del interior del legendario Teatro del Odeón, era realmente hermoso por dentro, nosotros nos habíamos sentado en dos butacas de las últimas filas del palco de platea; afuera se escuchaba, a manera de coro, a millares de estudiantes que gritaban *¡Las barricadas cierran la calle,* *pero abren la vía! ¡El caos soy yo, el caos soy yo!* Luego agregó Derrida; *"De todas maneras…"*

De golpe todo quedó en silencio, el velocímetro del BMW 2002 *Tii* marcaba 130 kilómetros por hora, un camión se encontraba estacionado en medio del carril donde ellos viajaban excesivamente rápido en la última recta antes de llegar al mar. La joven literata tenía que evitar estrellarse contra la parte trasera del pesado vehículo de carga. Los tres analizaron en segundos todas las circunstancias del adventicio instante que estaba ocurriendo ante sus ojos. Nohelia tuvo que dirigir el carro hacia el lado derecho de la carretera para no colisionar con un bus que corría en la vía contraria. El deportivo apenas se detuvo en un pequeño barranco donde penetró como un bólido. Violentamente se montó sobre una piedra de regular tamaño que lo hizo dar varias vueltas hasta quedar volcado llantas arriba en la pequeña playa del cauce de un riachuelo. Luego de algunos minutos, unos campesinos que estaban pescando en aquel lugar, sacaron del vehículo a los tripulantes. Nohelia y Maritza tenían algunos golpes leves, pero no estaban heridas de gravedad. Con mucho estupor y todavía desorientada por las revoluciones que dio el vehículo, Nohelia anegada en llanto, tomó en sus brazos a Leonel unas horas antes de que la vida se le escapara.

—¡No te vayás amor mío!¡No me dejés Leonel!, ¡Te amo mi príncipe!¡No me dejés sola!, Te amé desde el primer momento en que te vi cuando llegaste a París, la noche cuando nos conocimos en el aeropuerto. No te vayas, pediremos una ambulancia y estarás bien, decía sollozando la talentosa Nohelia, abrazando fuerte el cuerpo de Leonel.

—¿Sabés que decía el gran poeta latino Horacio?

—No, no sé mi amor, le respondió ella cubierta de lágrimas.

—*Carpe diem, quam minimum crédula postero,* que en español significa: *Aprovecha el día* y *no confíes en el mañana.* Por si no volvemos a vernos, espero seás feliz amiga.

En ese inefable momento un enorme molino situado dentro del corazón de Nohelia trituraba todos los bellos instantes que había tenido con Leonel en París. El tema musical, *Los molinos de tu mente,* original de Michel Legrand sonaba suavemente en el radio Blaupunkt del deportivo que estaba volcado con las llantas traseras todavía girando sobre sus ejes. Esa canción le recordaba la despedida del joven filósofo quien dos días antes de regresar definitivamente a Guatemala la invitó al cine Champollion del Barrio Latino, cerca de Boulevard Saint Michele, a ver *The Thomas Crown Affair,* película protagonizada por la bella Faye Dunaway y Steve McQueen. Nohelia recordó de aquel film el beso de un minuto que la hermosa pareja se da luego de un juego de ajedrez que él ha perdido. Sin pensarlo más, ella acercó su boca mojada de llanto a la de Leonel y por unos minutos cerraron los ojos y se besaron profundamente como lo hacen los amantes.

A lo lejos, el llanto triste y quejumbroso de una ambulancia rompió el silencio de la mañana.

Leonel expiró dos días después del accidente en el intensivo de un prestigioso hospital de la zona 10, en la ciudad de Guatemala.

Recuerdos gratos
de mi padre

El 13 de enero del 2020, entre las 10:30 y 11:30 de la mañana, viví uno de los episodios más dolorosos y tristes de mi vida, en esa hora me encontraba junto a mis dos hermanas y mi hermano, frente al féretro de nuestro padre, quien yacía inerte a unos minutos de su inhumación. Las exequias fúnebres se realizaron en un tranquilo camposanto ubicado en el municipio de Mixco, lugar cercano a la Ciudad de Guatemala. Antes del duro momento en el que los sepultureros iniciaran el descenso de la fría arca de cedro almohadillada con blanca mortaja a las entrañas de la tierra, tuve unos minutos para dedicarle unas palabras a manera de despedida. Dentro de mi improvisado discurso recordé algunos episodios de su vida y la mía los cuales estuvieron relacionados con su inclinación por la filosofía, disciplina que lo embrujó hasta los últimos días de su existencia.

En ese momento tan doloroso cuando se precipita el pasado en un flujo nostálgico de millares de plácidos recuerdos, evoqué las lejanas reuniones de mi padre con su amigo Manuel Roldán Moreno, hombre de letras y docto en la materia filosófica con quien se reunía muy seguido para conversar acerca de filosofía, pero especialmente respecto de algunos egregios filósofos alemanes y franceses, cuyo pensamiento y obras eran la fuente de debate para esos gratos encuentros.

Hegel, Heidegger, Max Scheller, Wittgenstein, Dilthey, Feuerbach, Sartre y otros que aumentarían en mucho esta lista, eran el motivo de las interminables charlas filosóficas en la fresca sala de don Memito, como muchos le decían al sabio profesor.

Con 9 o 10 años sobre mis frágiles huesos, para mí era fascinante escuchar todos esos conceptos tan abstractos e inconcretos para la mente de un niño, términos

relacionados con la filosofía que pronunciaban mi padre, don Manuel y a veces otros invitados.

Hilvané mi pequeño discurso envuelto en un ramillete de sentimientos extremadamente aciagos en ese infortunado momento en que la ausencia del ser amado se torna infinitamente eterna; transporté el recuerdo de esas sesiones y otras remembranzas más. En esa ocasión recordé el nombre de Leonel Roldán Oliva, hijo del profesor Manuel Roldán, quien destacó siendo muy joven en el campo filosófico y después de haberse graduado de licenciado en filosofía en la Facultad de Humanidades, de la Universidad de San Carlos de Guatemala, partió con rumbo a París, con el propósito de completar sus anhelos de aprendizaje en el campo de la filosofía. Luego de unos años de su retorno a Guatemala, falleció trágicamente en un accidente de tránsito. Su talento como joven filósofo intenté revivirlo en *Mayo del 68*, penúltimo relato en la presente colección de cuentos, donde la ficción literaria lo ubica por un instante en la gran Huelga de París de 1968. Aclaro, no quise indagar en relación con su vida, es decir, el cuento está construido sobre un marco literario completamente imaginario, casi en su totalidad, exceptuando lo de su viaje a París, sus profundos deseos de conocer al gran Sartre y su trágica muerte en un accidente rumbo al océano Pacífico. Tengo un vago recuerdo de su imagen, pero muy fresco el dolor que causó a su familia su fallecimiento.

Reitero que este extenso cuento (o novela corta), Mayo del 68, está construido en un marco estrictamente ficcional, al cual corresponden solamente algunos elementos de su vida, verbigracia, su vocación filosófica, su deseo por conocer a otros grandes pensadores franceses y su amor por Guatemala, manifestado en su afán de cambiar sus estructuras sociopolíticas. La vida lo abandonó siendo muy joven de manera adventicia.

Sirvan también estas líneas como una afectuosa recordación, a los amigos filósofos de mi padre, el escritor Amílcar Echeverría, Don Manuel Roldán Moreno, Leonel Roldán Oliva, Rafael Márquez y Héctor Nery Castañeda Calderón, a quien dedicaré en otra ocasión algunas líneas para recordarlo.

La presente colección de relatos constituye una mixtura de elementos literarios y filosóficos, algo que podríamos llamar, por ejemplo, *filolitura*. Estos componentes que utilicé para escribirla, los extraje de mi memoria, de aquellas lejanas y difusas reuniones de mi padre con sus amigos y compañeros de estudio, a veces en nuestra casa y en otras ocasiones en las viviendas de sus camaradas de filosofía. Sincrónicamente puedo ubicar estas memorias a finales de los 60, en esos días, cuando fue novedad el viaje de los gringos a la luna.

Tengo la sensación de que los humanos nunca aceptan ni aceptarán la muerte, siempre nos vuelve a sorprender cuando se lleva a un ser amado, entonces vuelve a quedar un inmenso y profundo vacío que nada puede llenar y solo el tiempo tiene el poder de aliviar. Don Memito, Leonel, mi padre, muchos de mis amigos, tíos y primos se adelantaron a la eternidad, la lista es realmente enorme y mientras más se vive más se da testimonio de los seres que parten con antelación a nuestro final. De todas formas, la muerte vuelve a causar el mismo sentimiento desgarrador en el alma del que se queda otro tiempo, es un sentimiento de impotencia, de ser poca cosa ante el óbito poderoso. Recuerdo una foto de familia que nos tomaron en casa de tío Saúl Gómez, quien era médico pediatra, en la colonia Utatlán a finales del 69. Esa fotografía fue captada en el hermoso jardín que tenía su residencia, durante una bella tarde quizá de marzo o abril. Hace unos días uno de mis primos publicó la foto en el grupo de WhatsApp. De esa foto y su imagen congelada en el tiempo, más de la mitad de los que estuvieron esa tarde sonriendo en la imagen, son fallecidos.

Sería difícil resumir la vida u oficio literario y pedagógico de mi padre, una parte de su vida la dedicó a su profesión de maestro, primero de escuela rural y posteriormente como catedrático de idioma español en el recordado instituto nacional Tecún Umán. Posiblemente en su ejercicio de profesor en algunas escuelas de primaria, pergeñó sus primeros poemas infantiles y sus recordados libros de lectura: *Ema y milo, Ema Milo y yo, Senderos de Luz;* obras según el orden en que los escribí, para primero, segundo y tercer año de primaria. *Los cuentos de tío José, Poesías y Rondas para niños*, son dos poemarios para infantes. Millares de párvulos de Guatemala entonaron quizá muchos de sus canciones: El *Oficio de un Sapito, La Ardilla que no va a la Escuela, Adiós a mi maestra, Los Ositos Colmeneros* y otros cantos más.

Debido a su admiración por muchos escritores guatemaltecos y extranjeros, también prologó algunas obras literarias importantes, entre ellas: "*La Tentativa del León y el éxito de su empresa*, de Fray Matías de Córdova, *Versos sencillos de José Martí, Poesías Líricas* de José Batres Montufar. Su vida de poeta llegó hasta sus últimos días, dedicando también poemas a la juventud guatemalteca, mostrando en ellos los valores cívicos y el amor que sintió siempre por la fauna y la flora de su patria. Buena parte de su vida, la dedicó también a su amado pueblo de Huité, en donde plantó millares de árboles endémicos: Aripines, caulotes, palos de lagarto, así como árboles frutales: Tamarindos, mangales, limonares. Su amor entrañable para su pueblo se tradujo en muchas obras de infraestructura que realizó siendo Presidente de Fraternidad Huiteca, desde su fundación hasta su muerte. Su canto *Huité Querido*,

constituye el himno que cantan los huitecos en los actos y las fiestas, representando su identidad.

Durante muchos años, la Editorial José de Pineda Ibarra, publicó sus libros y las obras prologadas, pero, lamentablemente esta institución fue desapareciendo con el tiempo hasta desvanecerse por completo.

Doce de sus mejores temas musicales fueron recopilados y arreglados por el músico marimbista guatemalteco Alex Job Sis, quien, por iniciativa propia, debido a la admiración que sentía por la autenticidad y la forma en que componía mi padre, arregló las obras mencionadas con marimba pura. Esta fue la última de sus producciones musicales y lleva por título *Homenaje a Guatemala*. En ella figuran cantos como: *Guatemala mía, El Cheje Carpintero, Martín Pescador, Canta, canta Nicho fue, Canción a Zacapa*, entre otras.

Deseo recordar que durante muchos gobiernos escribió innumerables artículos periodísticos en defensa del Magisterio Nacional y redactó muchos editoriales que fueron leídos en emisoras radiales. Sirva esta recordación como un pequeño homenaje póstumo a su extensa obra literaria, cívica y educativa en favor de la juventud guatemalteca y las causas justas.

Esa mañana, cuando salí del camposanto, luego de la despedida de mi padre, partí con mucha tristeza, pero con una idea que nació en las sencillas palabras que le dediqué esa mañana, cuando evoqué esa parte de nuestras vidas relacionada con la filosofía, disciplina que indudablemente se quedó también dentro de mi ser igual que en mi padre y me acompañará hasta el día en que alguien también me despida en mi viaje final.

De ninguna manera pretendo mostrar al mundo un nuevo aporte filosófico, ni materialista, lejos

estoy de alguna complicación así porque no estudié formalmente filosofía, más bien ella llegó a mi vida en las circunstancias que hoy les he compartido recordando a mi padre y a sus camaradas filósofos.

El tiempo se nos fue como arena entre las manos, mi padre trabajó muy duro toda su vida, fue agricultor, silvicultor, escritor, poeta, filósofo, cuentista, músico, compositor y muchas cosas más, pero, sobre todo, fue un hombre que entregó su vida al servicio de los demás, especialmente de su amada Guatemala, donde dejó parte de su corazón y su alma. Envejeció y todos sus hijos fuimos testigos de cómo el tiempo le fue robando su energía vital, la cual lo abandonó para dejarlo libre para siempre.

Impreso en los talleres de
CHOLSAMAJ

5a. Calle 2-58, Zona 1, Guatemala, C. A.
Teléfonos: (502) 2232 5959 - 2232 5402
E-mail: editorialcholsamaj@yahoo.com
www.cholsamaj.com